小木屋的故事

新婚四年

[美] 劳拉·英格斯·怀德/著

文轩/译

〈插图全译本〉

The First Four Years

内蒙古科学技术出版社

图书在版编目（CIP）数据

新婚四年 /（美）劳拉·英格斯·怀德著；文轩译
. —赤峰：内蒙古科学技术出版社，2019.1（2022.1重印）
（小木屋的故事）
ISBN 978-7-5380-3013-6

Ⅰ.①新… Ⅱ.①劳… ②文… Ⅲ.①儿童小说—长
篇小说—美国—现代 Ⅳ.①I712.84

中国版本图书馆CIP数据核字（2018）第226855号

新婚四年

作　　者：[美] 劳拉·英格斯·怀德 著　　文轩 译
责任编辑：季文波
封面设计：鸿儒文轩·书心瞬意
出版发行：内蒙古科学技术出版社
地　　址：赤峰市红山区哈达街南一段4号
网　　址：www.nm-kj.cn
邮购电话：0476-8227078
印　　刷：三河市华东印刷有限公司
字　　数：70千
开　　本：880mm×1230mm　1/32
印　　张：4
版　　次：2019年1月第1版
印　　次：2022年1月第3次印刷
书　　号：ISBN 978-7-5380-3013-6
定　　价：20.00元

如出现印装质量问题，请与我社联系。电话：0476-8237455　8225264

在美国白宫的网站上，列有美国儿童文学作家的白宫梦之队，成员仅有三位：一位是写《夏洛的网》的E.B.怀特，一位是写《戴高帽的猫》的苏斯博士，还有一位就是《小木屋的故事》系列小说的作者劳拉·英格斯·怀德。

劳拉·英格斯·怀德出生于1867年2月7日，是家中四个孩子中的老二。根据劳拉的描述，她的父亲是个聪明、乐观却有些鲁莽的人，而她的母亲节俭、温和且有教养。劳拉的姐姐玛丽14岁时因感染猩红热而失明，弟弟9个月大的时候就夭折了。姐弟的不幸和常年艰辛动荡的拓荒生活，让劳拉从一个无忧无虑的小女孩儿迅速成长为一个坚强、勇敢、自立的少女。1882年，她在15岁时就取得了教师资格证。为了能让姐姐玛丽读昂贵的盲人学校，她独自去离家十几公里的乡村小学做教师赚钱养家。在那段时间里，她收获了爱情，大她10岁的农庄男孩儿阿曼乐对劳拉展开了追求。3年后，18岁的劳拉和阿曼乐结为夫妻，后来生下了女儿罗斯。罗斯长大后成为了一名相当出色的新闻作家，而正是在罗斯的鼓励下，老年劳拉开始了对过去拓荒生活的回忆，创作出了《小木屋的故事》系列小说。这套作品可以说就是劳拉大半生的自传，书中的主角劳拉就是真实劳拉的化身。

《小木屋的故事》讲述了19世纪后半叶，女孩儿劳拉和她的家人在美国西部边疆地区拓荒的故事，被誉为一部美国人自强不息的"拓荒百科"。1862年南北战争期间，美国国会颁布了《宅地法案》，规定了拓荒者可以申请获得公有土地，从而揭开了波澜壮阔的美国西部大开拓时代。南北战争结束后，美国各地掀起了到西部拓荒的热潮。在这样的历史背景下，住在美国中部威斯康星州的劳拉一家开始了进军西部、追求美好生活的拓荒历程。劳拉从2岁开始便跟随家庭四处迁徙，在13岁以前，她就已经到过威斯康星州的大森林、堪萨斯州的大草原、明尼苏达州的梅溪边，以及南达科他州的大荒原。劳拉一家住过森林里的小木屋，睡过草原上的地洞，也在静谧的农庄和繁忙的小镇生活过。

《小木屋的故事》一共有9本，其中序曲《大森林里的小木屋》出版于1932年——劳拉65岁之时，主要讲述了她童年时代生活在威斯康星州大森林里的故事。这本书一经出版便获得了出人意料的成功，受到了不同年龄读者的极大欢迎，这也让劳拉意识到自己"拥有一个奇妙的童年"。此后十年，她笔耕不辍，相继出版了《农庄男孩》（1933年）、《草原上的小木屋》（1935年）、《在梅溪边》（1937年）、《在银湖边》（1939年）、《漫长的冬季》（1940年）、《草原小镇》（1941年）、《快乐的金色年代》（1943年）等7部作品，故事一直讲到劳拉恋爱并嫁给阿曼乐。1957年，劳拉在密苏里州的农场去世，享年90岁。她的遗作，反映其新婚生活的手稿——《新婚四年》于1971年由女儿罗斯整理出版，为《小木屋的故事》画上了完美的句号。

劳拉曾在文章中写道："我见识了森林和草原的印第安乡村、边疆小镇、未开发的西部广袤土地，也亲历了人们申领土地拓荒定居的场景。我想我目睹了这一切，并在这一切中生活……我想让现在的孩子们对他们所看到的事物的历史源头及其背后的东西有更多更深的了解，正是这些使美国变成了今天他们所知道的样子。"《小木屋的故事》在历史层面上，已然超越了儿童文学的范畴，吸引了无数读者争相传阅。在劳拉87岁时，《小木屋的故事》系列小说开始被译成多种语言文字，在世界各地发行，每一本都受到了读者的极大欢迎。没有高学历、没有受过严格写作训练、没有华丽文笔的劳拉恐怕没有料到，《小木屋的故事》系列小说从此会成为世界儿童文学经典名著，成为美国文学史上的一块里程碑。迄今为止，它已被改编成各种形式的故事，拍成系列电视剧和多部电影。而作者生活过并在小说中出现的地方——威斯康星州大森林中和堪萨斯州大草原上的小木屋、南达科他州银湖岸边的农庄和德斯密特镇的旧居，都成为了著名的景点，每年迎来成千上万的访客。

从拓荒女孩儿到驰名世界的儿童文学作家，劳拉一生的故事曲折生动。她以细腻的文笔和丰富的情感，把家庭的西部拓荒史、同父母姐妹间的亲情、与阿曼乐之间纯洁美好的爱情，以及个人的少女成长经历，描述得栩栩动人、妙趣横生。《小木屋的故事》系列小说如同一幅幅工笔细描的图画：拓荒者们与大自然搏斗，但又与大自然和谐相处；作品中的日月星辰、风雨冰雪、飞禽走兽、树木花草，无不变幻多姿、充满诗意，即使是破坏力巨大的自然灾变，也别具魅力；拓荒者之间的人际关系是那么单纯、和谐，家庭成员、亲族和朋友间的情感，包括劳拉与阿曼乐的爱情，都是那么真诚、美好，他们甚至对狗、猫、马、牛等家畜也充满了眷顾与柔情。全书涉及自然、探险、动物、亲情、爱情、成长等诸多受青少年喜爱的，或惊险刺激、或温馨感人的元素，即便今天读来也倍感亲切，让人有身临其境之感。

这是一套非常适合家庭阅读和亲子阅读的书籍。通过品读劳拉的成长故事和家庭的拓荒历程，我们可以认识自己与亲人、大自然的亲密关系，可以在生活节奏加快、人际关系疏离、远离大自然的现代社会中，找回温馨的亲情、宝贵的勇气、真实的爱情和朴素的感动。

放眼今天，生活在电子时代的我们很难说就一定比拓荒时的劳拉一家更加幸福。祖辈们用勤劳和勇敢开拓出美好的家园，传递给子孙后代。而当我们享受他们的馈赠时，却忘记了他们是如何久经生活的考验：耕种、打猎、缝衣、筑屋、凿井……劳拉曾说，她创作《小木屋的故事》，是为了"把自己的童年故事讲给现在的孩子听，让他们懂得勇敢、自强、自立、真诚、助人为乐……这些品质不管是在过去还是在现在，都可以帮助我们克服各种艰难困苦"。劳拉的愿望已经成为一代代读者所追求的目标，劳拉的故事已经成为人们成长路上难得的指引与鼓励，温暖了无数大人和孩子的心灵，激励着我们不畏艰辛、勇敢开拓、创造未来。

MULU ///
目录

序幕

　　低垂的天幕上，点缀着许多调皮的小星星，一闪一闪的星光就像眼睛眨呀眨。凸凹不平的草原在星光下蔓延，凸起的地方洒满了星辉，低凹的地方藏在高处的阴影里。

　　两匹俊朗的黑马，拉着一辆轻便的双座马车，飞驰在草原若隐若现的道路上。马车的车篷并未升起，赶车人的身边坐着一位穿着白色衣裙的女人，他们的身上都落满了柔和的星光。远处的银湖，静静地卧在低矮的草岸之下，倒映着满天的繁星。

　　刚刚盛开的野玫瑰，铺满道路的两边，花朵上还带着沉甸甸的露水，浓郁的玫瑰香味，令人沉醉。和着"嘚嘚"的马蹄声，令人陶醉的女低音响起来，歌声婉转悠扬，那满天的繁星、安静的银湖和路边的野玫瑰，此刻都屏住了呼吸，仿佛也在欣赏这优美的歌声：

　　　　星光下，星光下
　　　　白昼已经消逝，露珠爬上花朵。
　　　　夜莺打开歌喉，
　　　　为玫瑰献上最后一首情歌。

　　　　夏天的夜晚多么安静清爽，
　　　　微风轻轻拂过，
　　　　带着家的气息，
　　　　而我们却要悄悄离去。

　　　　湖滨银色的波浪，
　　　　仿佛在轻声歌唱。
　　　　星光下，星光下，

我们自由自在地快乐漫步

六月，玫瑰花怒放在这夏日里。夕阳就要下山，微风轻轻拂过，一对情侣漫步在美丽的湖边，远远看去，就像一幅风景画。

第
一
年

　　一八八五年的达科他大草原，炎热和大风是气候的常态。周一下午四点的时候，天气非常炎热。一辆两匹马拉的黑色马车很快绕过皮尔逊马车行旁边的拐角，在大街的尽头拐弯往乡村公路飞驰而去。

　　离小镇一英里的郊外，有一座建在放领地上的小屋。它有三个房间，这是劳拉的家。她正在为就要完成的黑羊绒裙缝上麻纱质地的里衬，这是最后一道工序。她听到马车的声音，就放下手里的活儿，穿戴整齐走到门口去迎接客人。

八月的时候，小屋前的草地就变成了棕黄色，旁边还有几棵小三角叶杨树。劳拉就站在草地上，远远看去，就像是一幅美丽的图画。

劳拉戴着一顶用秸秆编织的暗绿色遮阳帽，上面系着蓝色丝带，帽檐下是一张精致粉嫩的小脸，棕黄色的刘海下是一双会说话的蓝色大眼睛。她上身穿着紧身上衣，上衣的袖子长长的，竖起的领口镶着花边，下面穿的是拖到脚尖的大蓬蓬裙，裙子是用粉红色的细麻布料做的，上面绣着蓝色的花枝。

来的客人是阿曼乐。这一天他和劳拉约好了去游玩，他们两个人都喜欢驾着马车出去玩。他从马车上走下来，小心地扶劳拉上了马车，又将遮挡灰尘用的亚麻护膝盖在劳拉腿上。安顿好之后，他扬起马鞭，马车旋风一般冲了出去。自始至终，阿曼乐都没有说话。他带着劳拉往南穿过草原，到了亨利湖和汤普森湖中间一块肥沃的土地上。这里长满了野樱桃和葡萄。他们在这里游玩了一会儿之后，又向东北方走去，到了十五英里外的灵湖，在这里绕了一个大圈之后才返回家去。

傍晚的阳光依然有些刺眼，他们将车篷拉起来挡住阳光。马车飞驰而过，惊起了躲藏在草丛中的小动物：五彩羽毛的松鸡、长耳朵的野兔、长着条纹的田鼠慌慌张张地四散逃窜。惊起的野鸭扑棱棱地从这个湖里飞到那个湖里，笨拙地一头栽了下去。阿曼乐终于打破沉默问劳拉："我希望我们能快点结婚。你需要一个盛大的婚礼吗？如果你不需要盛大的婚礼，我们很快就能结婚。去年冬天，我在明尼苏达的姐姐就要为我们准备一场盛大的婚礼。我说过不需要，但是她却不听。她说要和我妈一起来这里参加我的婚礼。可这却不是件好事，因为马上就要农忙了，收割庄稼的时候会很忙。如果婚礼早点举行，我们就可以早点安顿下来。"

劳拉手指上戴着戒指，上面镶嵌着石榴石和珍珠。她一圈圈转动着它，说："可你知道，我不希望我丈夫一辈子是一个农夫。这个小镇发展得很快，你会有许多机会的。"

沉默了一会，阿曼乐问劳拉："你为什么不愿意嫁给农夫呢？"

劳拉毫不犹豫地回答："因为农庄里的农妇太辛苦了。她们需要做很多家务，收割时还要给打麦人做饭，甚至还要到地里帮忙。另外，做农夫永远不可能赚到很多钱。他们在和镇上商人交易时总是得不到公平的待遇。"

听了劳拉的话，阿曼乐笑了起来："可是我记得爱尔兰人有句话是这样说的，'世界上的事都是公平的，因为富人能吃到冰，我们也能吃到，只不过他们在夏天吃，而我们在冬天吃而已！'"

劳拉不喜欢说到关键的问题，阿曼乐总是敷衍她。她对阿曼乐说："我不愿意被镇上的商人剥削，也不愿去过又穷又累的生活。"

"你错了，"阿曼乐收起笑脸说，"农夫是唯一能够主宰自己命运的人。因为我可以选择我的生意对象。如果我不愿意和商人做生意，他们的生意就做不下去！正因为这样，所以他们才会想尽办法讨好农夫。而我却没有这样的烦恼，我只需要种地就可以了。土地可不会反悔。"

"我今年已经种了五十英亩小麦，"他接着说，"若我一个人，种这些就够了。但如果你愿意嫁给我，那等到秋天我们可以再开垦五十英亩的土地，这样我们明年就能多一倍的小麦。

"还有，养马很赚钱。我还能再多种一些燕麦，这样就可以养更多马。

"你看，我没说错吧，一个农夫要做什么，怎么做，完全取决于他自己。只要勤劳，我们赚的也许并不会比镇上的人们少。"

劳拉沉默着，她有许多话想说，但又觉得阿曼乐的话有道理。阿曼乐接着说："我希望你能给我三年的时间。如果三年之后我们种地还是没办法过和镇上的人一样的生活，那我就放弃当农民，去做你希望我做的事。这是我给你的保证。"

劳拉最终答应了阿曼乐的请求。因为她同样不喜欢被束缚，她喜欢自由，喜欢看着广阔的草原上，微风吹拂着沼泽里高高的草丛，就像是水里激起的浪花。她喜欢草原上春夏时节那与众不同的风光。草原高处茂盛的草丛在春天葱茏一片，到夏天却神奇地变成了银灰色和棕色。野生紫罗兰会在初春开满草原各处，野生玫瑰则会在六月的草原上随处可见。

在这里，阿曼乐和劳拉将会有一块四方形的肥沃土地，有一百六十英亩这么大。阿曼乐已经办理好了一切手续，取得了开垦权。他还获得了十英亩的放领林地。他正按照要求在上面整齐地种上树苗。他还在自己的林地和耕地之间留下了一块空地。这块空地是为学校留下的，每个人都可以使用。

想到这些，劳拉想，如果阿曼乐的选择正确，在这里生活也会是一件美好的事。于是，她答应阿曼乐尝试着去过农庄生活。

阿曼乐高兴地规划着自己和劳拉的婚礼："放领地上的新房就要完工了。下周是好日子，我们就请布朗牧师为我们证婚吧。这样我们就可以住进新房，然后就进入农忙时节了。"

但他的计划遭到了劳拉的反对。她是教师，如果结婚就不能再继续工作。但是不做到十月就拿不到最后一个月的薪水，这样她就没钱买衣服。

"你现在的衣服就很好看啊，"阿曼乐说道："无论穿什么，你都漂亮。况且，我们不打算举行盛大的婚礼，你也就不需要隆重的礼服啦。如果我们让妈和姐姐赶上婚礼的话，那仪式就必须要举行了。但是现在我没有足够的钱负担仪式的费用，你做教师最后一个月的薪水也不够买漂亮的礼服。"

劳拉一愣，阿曼乐说的这些她都没有想到。这是一片还在开拓和建设中的土地，生活在东部的人们对这里一点也不了解，所以在为他们计划事情的时候很难设身处地地为他们着想。阿曼乐的家人生活都很不错，如果知道他们结婚了，一定会来参加他们的婚礼。阿曼乐的妈有一次给阿曼乐写信的时候还说到这件事。劳拉也不希望爸再为自己的事花钱。自己和阿曼乐虽然有土地，但是在来年有收获之前，两人的生活是会很拮据的。况且，一般来说，刚刚开垦出来的土地不会有好的收成。

现在看来，除了赶紧结婚好像没有其他办法了。只有这样才能在秋收前安下家来，家务也才有人做。能在草原上建立自己的家园是每个人的理想。阿曼乐的妈也不会因此而生气。他们的朋友和邻居也会觉得他们做得对。

就这样，阿曼乐和劳拉在八月二十五日上午举行了婚礼。这天是礼拜四，上午十点的时候，两匹棕色骏马拉着轻巧的黑篷马车绕过皮尔逊马车行旁边的拐角，跑了半里路之后就到了放领地小屋——一个有许多小三角叶杨树的庭院。

劳拉穿着漂亮的衣服站在门口，她的父母站在她两边，她的两个姐妹卡莉和格蕾丝就站在她身后。全家人一起高兴地送劳拉上了马车。她的结婚礼服就是那件刚刚做完的黑色羊绒裙。这是一件每个已婚妇女都会有的衣服，它可以在任何场合穿着。

劳拉的衣物和少女时候保留的那些"宝贝"都被装在了箱子里，早早就送到了阿曼乐家里。

劳拉坐在马车上回头望着自己的亲人们。她的爸妈和姐妹都在向她挥手。他们身旁的小三角叶杨树在强风的吹拂下左右摇摆，好像也在向劳拉挥手告别。劳拉看到妈用手擦了一下眼睛，也开始难过起来。

阿曼乐明白此时劳拉的心情，他只是伸出手，紧紧握住劳拉的手。

要为阿曼乐和劳拉主持婚礼的布朗牧师住在他自己的放领地上，离阿曼乐家有两英里。这段路虽然不算长，但劳拉却觉得它太漫长了。

终于到了目的地之后，阿曼乐和劳拉一起走进牧师家，婚礼仪式立刻就开始了。布朗牧师一边穿外套一边从屋里走出来准备主持仪式。布朗太太和劳拉最好的朋友艾达以及她的未婚夫就是证婚人和观礼的人。

劳拉和阿曼乐在仪式上发誓无论生活变成什么样子，他们永远都要相依相伴。仪式完成之后，他们就是夫妻了。他们一起回到劳拉的父母家吃了丰盛的午餐。之后两人在劳拉亲人的祝福中坐着马车回了小镇另一头的新家。

就这样，劳拉和阿曼乐开始了他们新婚的第一年。

结婚后的第一个早晨，夏日的微风轻轻吹拂，明媚的阳光从东边的窗户里照了进来。虽然太阳升起得很早，但是劳拉和阿曼乐两人的早饭却吃得更早。阿曼乐要早点赶到韦伯先生那里去帮他打麦子。这种事情不能迟到，因为每个人都希望自己打麦子的时候大家能认真帮忙，并且所有的邻居都会去帮忙，迟到会浪费大家的时间。劳拉和阿曼乐在新家的第一顿早餐匆匆结束。吃完饭后，阿曼乐立刻就骑着那匹棕色的马，拉着运木头的篷车走了，留下劳拉独自在家。

而这新婚之后的第一天会很忙，这幢新建的小屋还有许多东西要整理，此外也还有许多事要做。

开始干活之前，劳拉骄傲地打量了小屋一番。小屋靠前的一个房间被用作厨房、餐厅，分配得很漂亮、协调，摆放的家具没有一件是多余的。

大门开在了房间的东北角上，门前就是一条马蹄形的小路。房间里对着门的墙上有一扇向东的窗户，早晨的阳光能从这扇窗户里照进来。房间南边的墙上也有一扇敞亮的窗户。餐厅西边靠墙放着一张可以折叠的餐桌，由一块折叠板撑起来，两边各放着一把椅子。餐桌上铺着的桌布是劳拉的妈准备的，是一块鲜艳的红白格子桌布。早上吃剩下的早餐还放在餐桌上。餐桌的旁边有一扇门，通向既遮风又挡雨的棚屋。棚屋里堆放着阿曼乐做饭用的炉灶，

炖锅、煎锅都挂在墙上。棚屋里也有窗户，南边还开了一
道后门。

对着棚屋的是食物储藏室的门。这是一间很好的储
藏室，劳拉很喜欢它。她站在门口看了好一会，光是站着
看也让她觉得高兴。虽然储藏室有些窄，但是好在长度够
长。走进储藏室，迎面看到的是一扇大窗户，窗外的小三
角杨树细小的绿叶在风中摇曳，仿佛也在欢迎劳拉。

大窗户下面是一张大大的工作台，高度刚刚好。右
边的墙上钉着一根长木条，上面有许多钉子，可以用来挂
洗碗盆、滤器、擦盘子用的毛巾和其他的厨具。工作台左
边墙上挂着一排漂亮的橱柜。这面墙上钉满了放东西的隔
板，最上面的一块差不多碰到了天花板。往下，每一层隔
板之间的间隙慢慢变大，到了最低的一层就可以放高颈水
瓶了，也可以立着放盘子。隔板下面安装着一排抽屉。它
们和买来的家具一样好看。其中一个大抽屉可以装烤面
包，一个抽屉已经放好了一大袋面粉，一个稍微小点的抽
屉里放着玉米粉，一个大而浅的抽屉里放着小包的东西，
另外的两个抽屉分别放着白糖和红糖，还有一个抽屉里放
着银质的刀叉汤匙。这是阿曼乐送给劳拉的结婚礼物，劳
拉觉得很自豪。抽屉下面和地板之间则放着石头做的点心

罐、猪油罐和炸面包圈罐，还放着搅奶用的石缸和石棒。不过他们现在只有一头爸送给他们作为结婚礼物的淡黄色的小奶牛在产奶，所以这石缸显得有点大了。但是，等到阿曼乐的奶牛开始大量产奶，牛奶和奶油就会多起来了。阿曼乐找来的老木匠做活很细致，他为阿曼乐做出了最好的橱柜，这也是老木匠对自己一向喜欢的阿曼乐的祝福。

储藏室中间的地板上有一扇通向地下室的门，做得很隐蔽。

卧室在餐厅的旁边，门就在大门的斜对角上，床边有一个放帽子的高阁架倚着墙。阁架的一边挂着一面垂到地上的布帘子，在布帘背后有一排挂衣服的挂钩。地上还铺了地毯。

前屋和食物储藏室都铺了漆成亮黄色的松木地板，房子的所有墙壁都刷了白灰泥。松木家具因为刷了自然色的漆，摸起来像绸缎一样光滑。

劳拉美美地在心里想，这样一个干净明亮的小屋是完全属于她和阿曼乐的房子。

他们的房子建在了阿曼乐的放领林地上，不用多久，林地上的小树就会长大。这些树有的种在了门前马蹄形的小路两旁，有些种在了房子周围。阿曼乐和劳拉仿佛能看见自己的小屋被高大茂盛的榆树、枫树和小三角叶杨树围起来。只要他们认真照料，这些树不用很长的时间就能长大，为他们抵挡夏日的酷暑、冬日的严寒，还有那每时每刻都在肆虐的强风。

想到这，劳拉变得快乐起来，尽管还有一大堆活儿等着她去做呢！劳拉迅速地把餐桌收拾干净，又走进食物贮藏室，把贮藏室的每样东西都有条不紊地摆放在木架上。然后，她把脏碗盘放在工作台上的洗碗盆里，提起在火炉上烧着水的茶壶浇了下去。不一会儿，她就把每样东西清洗得干干净净，食物贮藏室也被整理得井井有条。

出来之后，劳拉先用一块法兰绒布把炉灶擦了擦，接着又扫了扫地板。她把餐桌上的折叠板放了下来，在餐桌上铺了一条红色的镶了花边的干净桌布。这张餐桌太引人注目了，完全可以摆放在任何人的客厅里作为装饰品。

东窗和南窗之间的墙角放着一张小圆桌。桌边放着一把摇椅，另一边放着一把小摇椅。圆桌上摆放着一盏有垂饰的玻璃吊灯。这就是客厅。如果再放上斯哥特和丁尼生的诗集，这个客厅就非常完美了。劳拉想用空铁皮罐子种几株天竺葵放在窗台上，这样客厅就显得更加温馨浪漫。

不过窗户可得擦洗干净。在盖小屋的时候，窗户上落了好多泥灰和油漆。但劳拉最讨厌的就是擦窗子了！

这时候响起一阵敲门声，原来是从附近农家雇用的女工海蒂来了。阿曼乐在去帮忙打麦子的路上顺便请她来，让她过来帮忙清洗窗子。

趁海蒂洗窗子的时候，劳拉收拾了一下卧室。她打开衣箱，把帽子放在帽架上，把结婚时穿的那件黑色羊绒裙挂在布帘子后面。

衣箱里还剩下几件衣服需要挂起来，其中有一件带黑色条纹的浅黄色丝绸衣裙和她自己做的棕色毛料衣裙。这些衣服虽然已经穿了很多次，但仍然保存得好好的。还有一件粉红色底子上点缀蓝碎花的细麻布衣裙，今年夏天大概还能穿上一两次，眼看天气就要转凉了，这身衣服有点单薄，不久就要收起来了。接着，她脱下身上的蓝色衣裙，换上灰色的印花布工作服。

劳拉去年穿的那件外套就挂在阿曼乐的大衣旁，看起来挺不错。冬天快到了，这件大衣还可以穿。她不愿意刚结婚就花阿曼乐的钱。她要帮助他，证明当农夫跟从事其他职业一样有出息。有这样一个可爱的小家，住在这儿比住在小镇上舒服多啦。

噢，她多么希望阿曼乐的想法是正确的，她笑着鼓励自己说："世界上的事都是公平的。"

阿曼乐很晚才回到家，因为打麦子的人都要干到天黑才收工。当他走进屋时，劳拉已经把晚餐摆在桌上了。他一边吃晚餐，一边告诉劳拉，明天会有人来帮他们打麦子，这些人还要在家里吃午餐。

这是新房子里的第一顿午餐，而且还要煮给打麦子的人吃！阿曼乐鼓励她说："你一定会应付自如的，而且这种事情越早学会以后就会做得越好。"

劳拉是一个拓荒家庭的女儿，总是还没等到开垦出一大片土地来，全家便搬到了另一个新的地方去。她从来没有独自给一大群人煮过饭，所以感到有些束手无策。不过，既然她现在已经是农夫的妻子，这种事以后就会变得很平常了，所以她必须要学会面对。

第二天一大早，她就开始动手准备这顿午餐。她从家里带了一条烤面包，另外又烤了一些玉米面包，猪肉和土豆都是现成的。前一天夜里，她还泡了一些豆子。菜园里有做点心用的大黄，这样她可以再做几张大黄馅饼。上午一转眼就过去了，不过当那些打麦子的人走进屋时，午餐已经摆在餐桌上了。

餐桌被移到房屋正中央，两头的活动板都撑了起来用来加宽桌面，但即使如此，还是有一些人得等着坐第二桌才能吃上。他们都饥肠辘辘，幸好食物准备得非常丰盛，不过豆子似乎有点儿不对劲，吃起来硬硬的。劳拉不像妈那么细心，所以没把豆子煮软。吃大黄馅饼的时候，劳拉娘家的邻居佩里先生先尝了一口，然后掀起馅饼的皮儿，拿起糖罐往馅饼上洒了厚厚一层糖。"我喜欢这样吃。"佩里先生打趣地说，"如果馅饼里没有放糖，每个人就可以按自己的需要随意加糖，我想这是主人特意为我们准备的。"

吃饭的时候佩里先生的一番话逗得大家开怀大笑。他讲了一些他小时候在宾夕法尼亚州的故事。他说，他母亲总喜欢用五颗豆子和一壶水来煮豆子汤。那壶可真大啊，他们喝了汤，吃完面包，要是还想尝一尝豆子的话，只有把衣服脱光，潜到壶底去捞豆子……饭桌上大家有说有笑，气氛十分活跃，只有劳拉高兴不起来，她为自己没有煮透的豆子和忘了放糖的馅饼感到羞愧不已。做馅饼的时候虽然有点儿匆忙，可是她怎么会这么粗心大意呢？大黄馅饼吃起来一定有些涩口，佩里先生吃第一口的时候肯定难受极了。

今年每英亩土地能收获十袋左右的小麦，每袋小麦可以卖五毛钱，这样的收成并不算好。气候一直很干燥，小麦的价格也不是很高。唯一值得安慰的是燕麦的收成不错，喂饱了马之后还会余下一些。干草也收了几大堆，除了喂牛马之外，还有一些可以拿来卖掉。

阿曼乐很乐观，他已经开始做明年的规划了。他急切地盼望着可以快点开始耕种，这样就能早点开垦出新的土地。因为放领地没有谷仓，所以收回来的小麦除了留下麦种之外，其余的都卖掉了。麦种就存放在放领耕地的小棚屋里。他想将明年的种植面积扩充至少一倍。

现在的生活虽然忙碌，但是劳拉和阿曼乐却觉得很快乐。阿曼乐每天早早就去地里耕种，劳拉每天要忙的事就是做饭、搅牛奶、烤面包、洗熨和修补衣物、打扫和整理房间。这些家务事中劳拉觉得洗熨衣物是最吃力的，因为她个子比较矮小。但好在她的手腕和手掌非常强壮有力，这项工作她还是能胜任的。每到下午，她就会换上一身干净的衣服，坐在客厅的角落里为阿曼乐缝补一下衣物，有时候也为他织双袜子或者衣服。

到了周末，他们总会坐着马车出去兜风游玩。马儿欢快地跑在草原上。这时候劳拉和阿曼乐总会一起唱从前在学校里学到的歌。这首《不要离开农场，孩子们》是他们最喜欢的一首：

你告诉我在澳大利亚有金山，

不用怀疑，有人淘金发了财。

但农场也有金子，

男孩，只有你能铲出它来。

然后他们一起合唱：

不要走！

不要走！

继续留在旧的农场，

不要着急着离开！

　　每当劳拉想到他们放在放领耕地小棚屋里金灿灿的小麦时，就会觉得很欣慰，总会不由自主地微笑。

　　最近，巴纳姆和跳跳在耕地上犁田很累。巴纳姆和跳跳就是阿曼乐用来拉马车的那两匹马，它们健壮又敏捷，但是现在阿曼乐用它们拉车出去玩的时候都不会跑太远了。

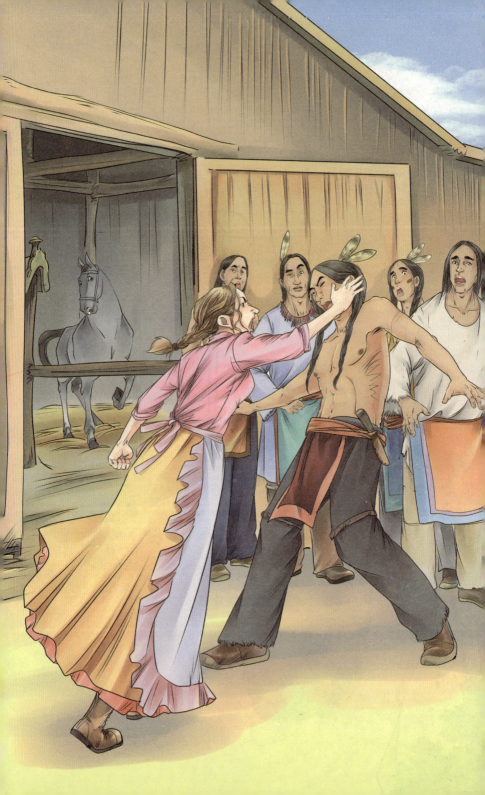

　　阿曼乐说它们还太小，地里开垦耕地的活儿不能全部都让它们来干。一天，阿曼乐从镇上回来的时候，篷车后面拴着两匹大马，大马后面拉着一副很重的新犁。阿曼乐开心地对劳拉说，以后就可以让这两匹大马和巴纳姆、跳跳一起犁田，这样明年的耕种与收获就会更顺利。并且，这两匹大马的主人还将自己的放领地转卖给了一个来自东部的人，他自己急着到更西边去寻找新的土地，在那里还能找到政府放领的土地，所以阿曼乐这两匹大马买得很便宜。

　　唯一贵一点的是大犁，一共要花五十五美元。但是阿曼乐只付了一半的钱，另一半打了欠条，承诺明年付清。这副大犁可以在坚硬的草皮上犁出一英尺深的垄，他还可以站在这副犁上犁地，再也不用像原来一样要跟在马后面吃力地走了。这样会使犁田的速度快上许多，也能够开垦出更多的耕地，明年将多收的谷物卖掉，就能抵上买大犁的钱。

　　自从买了大犁之后，劳拉每天早晨都要在屋子外面帮阿曼乐把四匹马套在大犁上。慢慢地，她也学会了驾驭马匹和操控大犁。偶尔她还会去犁几圈地。渐渐地，劳拉也觉得犁地很有趣。

没过多久，阿曼乐又去了一趟镇上，回来的时候篷车后面拉着一匹铁灰色的马。他对劳拉说："这是给你玩的小马，它温顺，绝对不会伤害你。所以就不要再说你爸不让你学骑马的话了。"

劳拉上上下下打量着这匹小马，高兴地发现自己和这匹小马简直就是一见如故。

她高兴地说："我要为它取名翠西。"这匹小马有修长笔直的腿，马蹄也小小的，它有很灵活的大眼睛，眼神很温柔。它的鬃毛和尾毛又长又厚，头小巧玲珑，漂亮的鼻子上还有些小小的斑点，一对尖尖的耳朵竖起来，机灵地动着。那天晚饭后，劳拉就浏览了沃德商店邮购目录上的说明和图片，她挑选好了自己想要的马鞍，填写好了订单，准备等她到镇上的时候就寄出去。订单寄出去之后，劳拉等不及马鞍送来，就开始想办法和翠西交朋友。盼望了很久之后，她选的马鞍终于寄来了。马鞍的皮面上缝制了时尚的图案，还有镍制的饰品。

"现在我就把马鞍装到翠西背上，你可以和它多熟悉一下。虽然它从来没有被人骑过，但是我想它会很温顺的。不过为了保险起见我们还是牵着它到犁过的地里训练一下。那儿的地不好走，马到了那里都不敢乱跳。而且在那里就算你从马背上摔下来也不会觉得地很硬。"就这样，阿曼乐帮助劳拉稳稳当当地坐在了马鞍上，她左脚踩在皮马镫上，右脚跨过马背，膝盖紧紧顶住鞍角。阿曼乐小心翼翼地放开马缰口，劳拉就骑着翠西小跑在刚犁过的土地上。翠西的确很温顺，虽然劳拉飘飞在风中的衣裙让它感到害怕，但它仍然努力讨好劳拉，从来没有让她从背上摔下来过。每天，劳拉都和翠西一起学习。

深秋不知不觉降临，夜晚开始下霜，很快地面也就会结冰。劳拉和阿曼乐新开垦的五十亩地就快犁完了。周末驾着马车出去游玩的项目早就已经取消，因为巴纳姆和跳跳每天犁地非常辛苦，它们需要休息。于是劳拉和阿曼乐改成了骑马出去。阿曼乐有一匹装了马鞍的小马，名字叫"小飞"。和翠西一样，小飞年龄也很小，所以它们都不用干活。这样，阿曼乐和劳拉也就随时可以骑着它们出去，不需要担心它们会累。劳拉已经带着翠西学会了小步跑和跳跃，翠西轻轻一跳，就能够跨过马车压出的车辙痕，从路的这边落到马路中间的草地上，再一跳就能够越过那一边的车辙。翠西的跳跃很轻松，它的小马蹄很有弹性，落地的时候很稳当。

有一天，劳拉和阿曼乐又骑着翠西和小飞外出。他们各自骑着马沿着马路飞奔。阿曼乐说："真不错！翠西现在能短跳了，速度也比以前快了很多，不过小飞还是比它跑得快一点。"说着，小飞加速跑了起来。劳拉伏在翠西背上，她用马鞭轻轻敲了翠西一下，学着牛仔喊了一声，翠西就像闪电一样冲了出去，将小飞远远甩在了后面。跑了一会儿，劳拉让翠西停下来休息。她坐在翠西的背上等着阿曼乐追上来。阿曼乐赶上来以后就抗议劳拉忽然开跑。劳拉得意地说："翠西跟我说了，它可是让你们先跑了很长时间呢。"

从这以后，他们都会在早餐前到草原上先跑二十英里，几乎每次翠西都比小飞跑得快。

这是一段快乐的时光，两个相爱的人在一起自由地做着他们想做的事。

有时候，劳拉也会想，万一收成不好怎么办。她将乳酪仔细保存起来，有一次还让阿曼乐拿着一罐新鲜黄油到镇上去卖，希望能为家里添置一些日用杂货。他们还有一群放养在谷仓、干草堆以及地里的母鸡，它们下了不少鸡蛋。劳拉也让阿曼乐将鸡蛋一起拿到集市上去卖。

但最后阿曼乐却把黄油带回来了。因为不管他开多低的价格，也没有人愿意买黄油。而那些鸡蛋最多也只能卖到五分钱一打。劳拉这样做对减轻家庭负担没什么帮助。阿曼乐想不通她为什么这样担心，而他自己却一点也不担心。

等到地犁完了之后，屋子后面的牲口棚也堆满了干草。为了让家里的马和牛能够平安舒适地度过这个冬天，阿曼乐和劳拉将牲口棚四周的木架上堆满了干草，把屋顶也用干草盖住，这样，到了冬天，牲口棚里就不会冷。为了让雨水容易流下来，不至于漏到牲口棚里去，他们还在屋檐上顺着屋脊堆了差不多四英尺厚的干草。

阿曼乐用长长的割草刀在牲口棚南边的草堆上挖了两个洞，从里面安装了窗户。这样牲口棚就算关起来也会有亮光。

堆好了牲口棚里的干草，就到了杀猪的时候。这里第一个杀猪的人是住在劳拉家对面的邻居拉森。这位拉森先生总是向别人借东西，并且总是不及时归还，还很容易把借来的东西弄坏。因此劳拉不喜欢这位拉森先生，她每次看到阿曼乐走到拉森先生的田边将自家的农具拿回来的时候就很生气，和阿曼乐也总是为了这样的事争吵。但阿曼乐却总说和邻居要友好相处。

当拉森先生走来向劳拉借大木桶去烫要屠宰的猪时，

劳拉尽管不情愿，但还是借给了他。因为她知道，如果现在阿曼乐不是去了镇上而是在家，也一定会借给他的。

几分钟之后，拉森又来借烧开水的大锅。不一会，他又来借杀猪用的刀子。过了一会，他又借走了磨刀石。劳拉黑着脸想，如果他跑到家里来借肥猪，自己难道也要借给他？不过，拉森没来借肥猪，因为他自己有猪。

但让劳拉感到伤心的是，尽管拉森借走了一切能借的东西，但他却没做一点好邻居之间相亲相爱的举动——给她带点鲜肉过来。

过了几天，阿曼乐也将他们自己养的肥猪杀掉了。劳拉第一次自己熬猪油、做香肠和肉冻。她把猪肉放在小木桶里撒上盐腌着，猪腿、猪肩、排骨就放到挡风雨的棚屋里冻起来。

劳拉发现自己独立来做这些事和帮妈做这些事的感觉完全不一样。虽然血淋淋的鲜猪肉让人倒胃口，她也不喜欢热猪油的气味，但是她知道这是她应该做的事。

这时候，学校的董事会终于支付了劳拉教书最后一个月的工资。拿着这笔钱劳拉顿时觉得自己很富有。她开始计划如何使用这笔钱。阿曼乐告诉她，如果她买一匹小马，等到长大后卖掉，她的钱就会很快翻一番。最后劳拉采纳了阿曼乐的建议。阿曼乐就到镇上买了一匹两岁的栗色小马。他承诺这匹小马会很健康地成长。

劳拉没有像给翠西取名一样为这匹小马取名字，因为最后它总是要被卖掉，取名字也没用。他们把这匹马照顾得很好，尽量让它吃得好，常给它梳毛，用心照看，希望它能健康成长，将来卖个好价钱。

一天早晨，风很大。阿曼乐一早到镇上去了，留下劳拉一人在家。劳拉早就习惯了自己独自在家，所以她并没有在意。风很冷，所以劳拉没有开门。大门从昨天晚上开始就是关着的。上午已经过去了一大半，劳拉一边干活一边向窗外张望。她看见几个人骑着马从东南方穿过草原朝着这边跑过来。她觉得有些纳闷，这些人为什么不在大路上走。等到他们走近的时候，劳拉才看清楚这是五个印第安人。

劳拉经常会看到印第安人，所以她并没有恐惧。但是当她看到他们走到门前连门也不敲就想进门时，她的心开始狂跳起来。幸好大门是锁着的。他们试图打开大门，劳拉赶快跑到屋子后面关上了后门。

印第安人又来到了屋子后面，试图打开后门。他们透过窗户看到了劳拉，比划着让她开门，并示意不会伤害她。但劳拉只是摇头让他们离开。也许他们只是想要点东西吃，但是谁知道他们真正的目的是什么呢。在西边离这里不远的地方，三年前印第安人就差点和白人打起来。即使是现在，他们也还常常威胁修铁路的工人。

劳拉不想开门，只是隔着窗户看着他们在说话。她很害怕，他们的话她听不懂。他们怎么还不走？这让劳拉感到不对劲。

他们转身朝牲口棚走去。劳拉的新马鞍和翠西都在那里。翠西可是自己最喜爱的宠物和好朋友！

劳拉感到恐惧，虽然在屋子里待着会比较安全，但一想到翠西可能会被他们带走，劳拉就觉得愤怒。她生起气来总是会不顾后果地迅速采取行动。于是她猛地打开大门，跑到牲口棚门口，命令那些印第安人出来。他们中的一个人正在抚摸劳拉那套漂亮的马鞍，另一个人走进了翠西的马厩。翠西不喜欢陌生人，正害怕得发抖，不安地扯着缰绳。

另外三个印第安人正在看阿曼乐的马鞍和镶镍边的马具。看到劳拉，他们走出牲口棚将她围起来。劳拉冲他们发火，用力跺脚。她出门时没戴帽子，长长的棕色发辫被风吹起，蓝蓝的眼睛里盛满怒火，和她平时生气时没什么两样。

这几个印第安人盯着她看了一阵，其中一个人说了一个她不懂的词语，接着把手放在劳拉的手臂上。劳拉很快打了他一个耳朵。

这一耳光惹怒了这个印第安人，他一步步逼近她，其他印第安人都不怀好意地笑了起来。一个看起来是领导者的人拦住他们。他用手指着自己和他的矮种马，朝西方挥了一下胳膊，说："你——做——我的——妻子？"

劳拉狠狠摇头，使劲跺着脚让他们赶紧骑着自己的矮种马离开。

然后印第安人真的骑着没有马鞍和缰绳的矮种马离开了。

但当他们要离开的时候，他们的首领回头看了劳拉一眼。劳拉站在风中看着他们穿过草原向西边去了。她的发辫和裙子都在风中乱舞。

天气渐渐凉下来，大雁开始向南方迁徙。它们白天赶路，一抬头就能看到它们整齐地排成"V"的身影。带头的大雁一声长鸣，跟在它身后的大雁们也都纷纷出声附和。它们的声音传遍了草原。就算到了晚上休息的时候，也经常能够听到它们的叫声，这让人有一种为了躲避北方的寒冷，有成千上万的大雁正在往南方赶的感觉。劳拉很喜欢抬头看着蓝蓝的天空中不时划过的大雁的身影。它们在大雁头领的带领下，总是排成大大小小的各种整齐的"V"字形。

阿曼乐说："虽然老人们都说，听到大雁高飞时啼叫，以后万事都能顺心顺意，但是我不这么认为。大雁飞这么高、这么急，而且它们并没有在湖边停下来休息一下或者吃点东西的意思，这说明暴风雪就跟在它们后面。"果然，在大雁匆匆南下之后几天的一个下午，乌云开始出现在西北方向的地平线上，然后迅速攀升，遮天蔽日。紧接着，狂风也呼啸而来，还卷着漫天的雪花。

当强劲的狂风夹杂着雪花袭来时，整栋房子都开始猛烈地颤抖。劳拉正独自在屋里，她飞跑到窗口，但只看到窗外白茫茫的一片。此时阿曼乐正在牲口棚里。他已经给牲口们放好了晚上要吃的饲料，把小母牛的奶挤进放了盐的桶里，然后认真把牲口棚的门关紧，开始往小屋的方向走去。他一打开牲口棚的门，暴风雪就开始袭击他。好像从每一个方向都有风吹过来，不管阿曼乐把头转向哪个方向，都会感受到风在他脸上肆虐。眼前是白茫茫的一片，气温现在很低很低，冰冷的雪钻进了他的眼睛和耳朵里，他觉得自己都没法呼吸。他步履蹒跚地走了几步之后，发现连身后的牲口棚都看不见了，只剩他自己独自站在一片白茫茫的世界里。

　　他估摸着小屋的大致方位，并一步一步地向前挪着，但走了好几步都还没有看到屋子。如果这个时候他迷路的话，那么他就永远也找不到屋子了。他会慢慢走到草原上去，最后死在大草原中。还有可能在暴风雪结束前就死在离小屋不远的地方。阿曼乐高声的呼叫被淹没在了暴风雪的咆哮中。

　　阿曼乐想，站在原地也没什么用，不如再试着往前走一走。他往前又迈出了一步，却感觉到肩膀似乎擦过了一个物体。于是他伸手摸了摸，却发现那是小屋的墙角。阿曼乐差点就错过了自己的小屋，往暴风雪中走去了！

　　阿曼乐顺着墙根摸索着终于走到了后门口。刚一打开门，暴风雪的力量就将他推进了屋子。站稳之后，他用力眨着眼睛，然后拍掉自己身上的雪，环顾着这个自己差点就回不来的家。尽管经历了这样惊心动魄的时刻，可是他手里的牛奶桶依然没有丢，桶里的牛奶一滴也没洒出来，都结成了冰。

　　暴风雪持续了整整三天。阿曼乐又到了牲口棚，他沿着小屋外面的墙根走到拴着晾衣绳的墙角，再抓着晾衣绳走到屋子后面，将那边墙角的绳子解开，再原路回到门口，解下拴在这里的绳子，又将自己从牲口棚里拿来的短绳和解下的绳子系在一起。然后朝着牲口棚走去，一边走，一边放开手中的绳子，走到牲口棚门口的干草堆边上时，再将手里的绳子牢牢绑好。这样，阿曼乐就可以拉着绳子来回于小屋和牲口棚而不用担心迷失方向了。

外面暴风雪肆虐的时候，劳拉和阿曼乐就在家里待着。劳拉用储存在小棚屋里的煤炭烧了旺旺的火，让小屋很暖和。她还从食物储藏室和地窖里取来食材做饭。下午，她就一边织东西，一边唱歌。牧羊犬西普和猫都懒懒地趴在火炉边的地毯上。处于暴风雪中的小屋温暖又安全。

第四天下午快接近傍晚的时候，风渐渐弱了下来。它将地面上轻盈的积雪卷起来堆积成雪堆，光秃秃的地面就露出来了。乌云散开，太阳渐渐露了出来，阳光照着雪堆，反射出冰冷的光芒，简直是太冷了！劳拉和阿曼乐走出小屋，看着暴风雪过后寂静的草原，一片荒凉，让人感到迷茫。

阿曼乐说："这场暴风雪太大了，过不了多久，肯定会有很多暴风雪中遭受损失的消息传出来。"劳拉望着小路另一边拉森先生家冒烟的烟囱，说："不管怎么说，拉森先生一家没有遭受什么灾祸。"

第二天，阿曼乐驾着马车到镇上去买东西，顺便打听一些暴风雪后的消息。

夕阳西下的时候，阿曼乐回来了。夕阳从西边的窗户照进了屋子，使整个屋子充满了生机。他将马牵回了牲口棚，喂了晚上的料，才回到小屋，劳拉帮他脱掉了外套。

晚饭后，阿曼乐很严肃地告诉劳拉他从镇上听来的消息：小镇南边有个人和阿曼乐一样在牲口棚里干活，他像阿曼乐一样在回屋子的时候迷失了方向，最后走到了草原里。等到暴风雪后大家找到他的时候，他已经被冻死了。

还有三个小孩子放学回家时遇上暴风雪，迷了路。幸好他们找到一个干草堆，挖了洞钻进去，三个人依靠在一起取暖，被大雪埋在了草堆里面。等到暴风雪过去之后，最大的孩子从草堆里面挖了一个洞钻出来，才被搜索的人找到。他们三天没有吃东西，已经非常虚弱了，好在都没有被冻伤。

　　牧场里的牛群被暴风雪吹着乱走了一百多英里，因为看不见，它们在混乱中走到了白杨河的高地上，最后摔倒在河面上。后面的牛压在了前面的牛身上，将冰层压碎，几百头牛都掉进了漂浮着碎冰的河水里，一部分被冻死，另一部分被淹死。现在大家都在河边打捞牛群的尸体，虽然牛死了，但把它们的皮剥下来，也还能拿到一张牛皮。丢了牛的人都可以到河边去，按照牛皮上的印记认领自家的牛。

　　这场暴风雪来早了，大家都没有做好准备，许多人都被暴风雪困住，冻伤了。过了不久，又来了一场大暴风雪，因为有了前面的预警，大家都做好了准备，也就没有再遭受什么大的损失了。

　　天气太冷，地面上又堆着雪，所以就不能骑马出去了。所以现在，一到周末，阿曼乐就让两匹马拉着单刀小雪橇带着自己和劳拉到处去转转。他们有时候去爸的农庄看看家人，有时候去波斯特夫妇家做客，有时候也到东边几里外的老朋友家玩，只是每次都不会走出三十五英里的范围。因为走远了很危险，暴风雪随时可能到来，他们会被困在离家很远的地方。

　　巴纳姆和跳跳现在被养得很胖，它们都不再工作了，每天都欢蹦乱跳。它们和劳拉一样都喜欢出去玩，它们的眼睛总是明亮有神，耳朵动来动去，很机灵。它们走在路上的时候故意跳来跳去，好让挂在脖子上的铃铛响起来。

小马翠西和小飞，还有两头分别叫做凯特和比尔的牛也被养得胖胖的。它们被关在牲口棚里面，经常在牲口棚后面的院子里玩耍。

年底的假期需要提前计划。波斯特和英格斯两家过节的时候总是在一起。他们本来的计划是感恩节在波斯特家吃晚餐，圣诞节在英格斯家吃晚餐。但现在阿曼乐和劳拉有了自己的小家庭，他们就决定在两个节日之外再进行一次聚会，新年的聚会就放在怀德家里。

收成不好，大家都没有好好准备圣诞礼物。但是阿曼乐还是为劳拉的妹妹们做了手推雪橇，还买了糖果给大家。

他又和劳拉商量，要买一份两个人都喜欢的，既可以一同分享，又实用的礼物。他们仔细在蒙哥马里商店的邮购目录上研究了一阵之后，决定买一套用得着的玻璃餐具。这套餐具有一个糖碗、一个黄油碟、一个椭圆面包盘子、一个调料碟和一副汤匙架。面包盘子上还有麦穗和"请每天赐予我们面包"的浮雕。

圣诞节前，这套玻璃餐具从芝加哥寄来了。他们迫不及待打开，两个人都很喜欢这份礼物。

年末的假日很快就结束了。二月先有劳拉十九岁的生日，一周以后阿曼乐也要过二十九岁的生日。所以他们选择了两个生日中间的那个周末来庆祝。他们的庆祝不正式也不盛大，劳拉做了一个大蛋糕，又做了有面包、肉、蔬菜的简单晚餐。劳拉最擅长的是用酵母发酵面粉以后做白面包，她现在已经是一位好厨师了。

暴风雪和阳光交替出现，在一天又一天的工作和玩耍中，这个冬天就这样过去了。阿曼乐和劳拉很少出去拜访亲友，也很少有人来拜访他们。除了拉森先生一家，其他的邻居都隔得很远。但劳拉并不会感到寂寞，因为这个时候白天没有夜晚长。劳拉热爱她的小屋，做家务对她来说是一种享受，并且还有牧羊犬和猫咪陪着她。她也可以在任何时候去牲口棚里照看一下牲口，对她来说，这就像是去拜访朋友一样。

有时候翠西会把它柔软的鼻子放在劳拉的肩膀上，它也会舔劳拉的手。跳跳还会顽皮地在她的口袋里翻糖吃。劳拉很喜欢她的朋友们。

大雁也从南方回到这里来了，它们在小湖之间穿梭，一会儿停在水面上休息，一会儿沿着湖边觅食。

　　地上的积雪已经化尽，虽然晚上还很冷，吹在身上的风也带着寒气，但是春天到来的时候，明媚的阳光很暖和。阿曼乐带着他的犁和耙准备到地里犁地耙土，好种上燕麦和小麦。他要早一点开始才行，因为今年要种五十英亩的燕麦和一百英亩的小麦。在放领地的小屋里，劳拉帮着阿曼乐将麦种装到袋子里去，他们准备将这些麦种运回小屋的牲口棚里去，方便播种。这间棚屋温度有些低，装麦种的袋子摸上去很硬很粗糙，小麦上也沾了许多灰尘。看着一点点被倒进袋子里的麦子，劳拉忽然感到头晕。她不自觉抬头看着棚屋墙上的报纸，在心里将报纸上的字读了好几遍。但有些字是倒着的，她看不清，但又想读它们，所以一下子烦躁起来。她目不转睛地盯着报纸，忽然觉得眼前满满的都是字和被倒进袋子里的小麦。

　　然后劳拉就听到阿曼乐对她说："劳拉，你累了，坐下休息一下吧。"

　　听了阿曼乐的话，劳拉坐了下来。但她并不是累的，原来她"生病"了。到了第二天早晨，她觉得更不舒服，于是阿曼乐只能自己动手做早餐。连续好几天，劳拉只要一起床就会觉得头晕。医生说她不是生病，只是需要安静地躺着休息，因为她怀孕了，九个月之后，她就会完全康复。

　　原来不是生病，劳拉放下心来。但是她却不能因为这样就逃避自己应该做的事。她需要做好家里的事，这样阿曼乐才能将全部精力都放在种田上。他们没有多余的钱去请人帮忙，而且他们把所有的希望都放在了今年的收成上。

　　没过多久，劳拉就能下床走动了，还可以做一些不得不做的家务活儿。为了防止再头晕，她总是有空就会躺回到床上去。因为现在劳拉不能像从前一样收拾屋子，所以现在的屋子看起来很脏。每当她辛苦地做家务的时候，总会想起妈说过的那句"跳舞的人必须给拉琴的人付钱"。她苦笑一下，心想，自己现在正是在付出，这些活她会尽自己最大的力量去做好。

　　树长得不太好，因为夏天太干旱，这更需要格外细心地照顾它们。几年以后，这十英亩林地必须长出足够数目的大树，这样他们才会拥有这片林地的放领资格。所以，阿曼乐将小树周围的土地都松了一遍，又施上了从牲口棚里运来的肥料。

　　劳拉总是想起初春的时候他们驾车到草原上去兜风呼吸新鲜空气的时光，她想念紫罗兰花开放的时候空气中的香气。但是一直到六月，野玫瑰都开放了，她才能够坐着巴纳姆和跳跳拉的马车出去游玩。小路边一丛丛粉红和深红的野玫瑰正在开放，花香四溢。有一次出去玩耍的时候，劳拉忽然问阿曼乐："我们的孩子应该取一个什么名字呢？"

阿曼乐说："现在还不知道是男孩还是女孩，所以不用着急。"

沉默了一会儿之后，劳拉说："她一定会是女孩，就叫'玫瑰'吧。"

那一年春天的雨水非常多，夏天也是。放领地上的小树在雨水的滋润下，长得非常快。微风吹过，它们小小的绿叶轻轻摇摆。草原的高处长满了蓝秸草，低洼处有水的沼泽里也长满了野草。

在充沛的雨水滋润下，小麦和燕麦也长得很好！

时间慢慢过去，麦田里一片翠绿，小麦长得很茂盛。接下来，麦粒开始慢慢饱满，不需要太长的时间就可以收获了。就算是现在不下雨，也不会影响今年的收成了，因为麦秸里已经储存了足够麦粒成长的水分了。

终于有一天，阿曼乐为劳拉带回了可以收获的好消息。

他说今年的麦子长得好，每英亩土地至少可以收获四十袋质量很好的小麦。把它们卖给镇上的大谷仓，肯定不会少于七角五分钱一袋。

阿曼乐说："我告诉过你，世上的每件事到了最后都会是公平的。穷人和富人一样能吃到冰，只不过富人在夏天吃，穷人在冬天吃。"说完，阿曼乐大笑起来，劳拉也笑起来。生活真是太美好了！

第二天，阿曼乐很早就要到镇上买新的收割捆扎机回来收割小麦。这个机器很贵，要二百美元。所以阿曼乐要等到小麦有好收成的时候才会买它。他先用机器和奶牛作抵押，打完麦子之后先付一半的钱，另一半钱要等到明年收割完麦子之后才会付。如果到时候没钱支付，他可以继续欠着，有钱的时候再还。到时候他只需要缴纳延期支付部分百分之八的利息。阿曼乐早早进了城，他想要快点买到收割捆扎机回家，快点开始收割小麦。阿曼乐把装在马车上的新收割捆扎机拉进院子的时候，劳拉觉得很自豪。她走到屋外看着阿曼乐把四匹马套在机器上往燕麦田去了。燕麦熟得早，要先收割。

劳拉一边往屋子里走，一边计算：一英亩土地能收四十袋小麦，一百英亩就能收四千袋。一袋小麦能卖七角五分钱，四千袋就能卖三千美元！劳拉感到不可置信，自己没算错。这样的话他们就会富起来了！穷人也可以在夏天吃冰了！

如果真的能这样，他们就可以把去年阿曼乐买割草机和草架的钱还清。去年收成太差，欠的这笔钱一直不能还上。他们还有一张七十五美元和一张四十美元的欠款单，还有用跳跳和巴纳姆作抵押的欠款。劳拉对这些欠款并没有在意，但是她不喜欢用马作抵押，有时候她会觉得用阿曼乐作抵押会更好。不过，这些欠款就快要还清了。用奶牛作抵押买大犁的钱也可以一并还清。可能他们还欠了商店不知道多少钱，但是可以肯定这笔欠款不多，这样的话也可以还清了。甚至还可以在孩子出生前雇个人做家务，这样她就不用这么累了。她现在吃下东西没多久就会吐。吃不下东西，营养不良导致她现在很瘦，闻到饭的味道就恶心，所以有个人帮忙做饭就好了。

阿曼乐用新买的这个收割捆扎机一天就收完了五十英亩的燕麦。晚上，他兴致勃勃地说今年的燕麦大丰收，明天早早起床就开始收割小麦。

但是第二天，阿曼乐只收割了两圈小麦就停了下来，将马卸下来牵回牲口棚里。他说今天收割小麦的时候发现小麦似乎还没有完全成熟，如果现在将还带着些绿色的小麦收割下来的话，可能会导致麦粒不饱满。但是麦穗却比他估计的还要重许多，所以每英亩最后的收成只会比四十袋多，不会少。除非是他估计错了。听了他的话，劳拉有些心急，她希望将小麦赶紧收割下来好好储存起来。她站在窗户边往外望，恰好可以看见收割机被放在麦田边上，在阳光下闪闪发光，似乎也想快点收割地里的小麦。

那天午后，沃尔特夫妇路过他们家，沃尔特先生去镇上，他的夫人科拉就留下来和她聊天。沃尔特夫妇和阿曼乐、劳拉年纪相仿，也差不多同时结婚，劳拉和科拉还是很好的朋友。所以，整个下午除了炎热的天气让人觉得不舒服之外，他们都过得很快乐。

下午已经慢慢过去了，可反常的是炎热却没有减少一点儿。一点儿风也没有，热得人仿佛就要被闷死。

三点多的时候，阿曼乐从牲口棚回到了小屋，他说就要下雨了。他很庆幸自己没有收割小麦，否则没有时间打，小麦就要堆在地里被雨水浸泡了。天慢慢暗了下来，一丝风微微吹拂，随着时间的推移，周围慢慢安静下来。过了一会风又吹了起来，绿色的光线穿破云层，带来了一丝亮光。紧接着就是暴风雨，先是小雨，然后转成了冰雹。刚开始的时候只是稀疏地下了几颗冰雹，接着越下越密集，冰雹也越来越大，最大的能有鸡蛋那样大。

阿曼乐和劳拉站在窗前往外看，因为正在下着大雨夹杂着冰雹，所以他们的视线并不能望向很远的地方。他们只看到小路对面的邻居拉森先生刚走到门口就摔了一跤。不过马上就有人在屋子里抓住了他的脚，使劲把他拖进了屋子，迅速关上了门。

阿曼乐说："他一定是被冰雹砸到头了，真是个傻瓜！"

暴风雨和冰雹来得快，去得也快。二十分钟后，暴风雨就结束了。他们再往田里看去，小麦全都被打得躺在了地上，只有收割捆扎机还立在地里。阿曼乐说："小麦一定都被冰雹打了！"劳拉却说不出话来。

阿曼乐走到拉森先生家去看看到底发生了什么。过了一会儿，他回来告诉劳拉，说拉森先生想出门捡块冰雹看看有多大，没想到弯下腰的时候就被冰雹打到了头。家人将他拖回家里，他昏迷了几分钟，现在除了有点头疼，已经没什么大问题了。

"我们来做冰激凌吧！"阿曼乐说："劳拉，你来搅牛奶，我去捡冰雹。"

劳拉看着站在一边说不出话来的科拉说："科拉，你不想庆祝一下吗？"

科拉说："不了，我现在就想回家看看家里怎么样。我会被冰激凌噎死的！"

虽然暴风雨只下了短短的二十分钟，但是却留下了一片狼藉。没有挡板遮挡的窗户都被冰雹打破，就算是有挡板的窗户，也有一部分被冰雹打破或砸得变形。地上堆满了冰雹，仿佛结冰了一般。有的地方冰雹堆成了"小山"。小树的树枝被打断了，震落的树叶和断了的树枝在阳光的照射下显得残败不堪。劳拉想，一年的辛苦，一年的希望，收获的就是这样一幅残败的景象。也许这也是件好事，起码不需要为来帮忙打麦的人做饭了。劳拉最怕给这些帮忙的人做饭。妈常说："有失必有得。"但是这所得也太微不足道了吧。劳拉显得有些烦躁。

劳拉和科拉脸色苍白地坐着，两人都不知道要说什么。一直到沃尔特驾着马车接走了科拉，临走前他们甚至连再见也忘了说。他们现在满心所想的，都是快点回家，看看家里到底遭了多大的损失。

阿曼乐到麦田里察看小麦的情况，回来的时候脸色并不好。他说："小麦都被冰雹打到泥土里去了，我们今年没有小麦的收成了。种了三千美元的小麦，却赶上了下冰雹。"

劳拉自言自语道:"穷人——"

"你说什么?"阿曼乐问她。

劳拉说:"我是说,这一次穷人在夏天也能吃冰了!"

一直到第二天下午两点多,野外的低洼处仍然还残留着许多冰雹没有化尽。

虽然计划泡汤,但是却不能就此放弃。他们需要振作精神继续努力。冬天就要来了,需要买煤炭准备过冬,这需要六十到一百美元。明年的麦种要买,买机器的钱款也差不多该还了。

犁、割草机、草架、播种机、收割捆扎机,还有那辆新篷车……买这些东西还有一大笔欠款。他们盖房子还签下了五百美元的一笔债务。"光是房子就欠了五百块钱!"劳拉忍不住大叫:"上帝啊,我竟然完全不知道。"

"嗯,"阿曼乐说,"我觉得这些事情有我操心就够了。"

可现在这些欠款都是要还的。阿曼乐想明天去一趟镇上,看看还能想什么办法。也许他还可以用自己的放领耕地做抵押再借出一笔钱来。万幸的是,阿曼乐现在已经被批准使用这块放领地了。但遗憾的是,放领林地上的小树还没有长大,所以这块地还不能用来作抵押。劳拉仿佛听见了父亲在唱歌:"我们有钱的山姆大叔能给每人一片农场！"有时候劳拉会担心自己崩溃掉。修房子欠下的五百美元巨款也是一件很棘手的事。这一笔加上两百美元，就成了七百美元，另外还有篷车、割草机的钱……她不能再算下去，不然真的会晕倒。

阿曼乐发现只需要付清利息，他买机器欠下的钱还可以再欠一年，甚至可以等到明年秋收的时候再付收割捆扎机的首付款，后续的款可以再延迟一年付清。火车站还有人在收购干草，四元一吨，运到芝加哥去。这样阿曼乐就可以将自己的干草运到那里卖掉。

阿曼乐在想尽办法筹钱付利息、买种子、维持生活。但是他必须要住在放领耕地上才能用这块地作抵押，到时候就可以用抵押的地借到八百美元。

一个新来的拓荒者买走了阿曼乐的耕牛比尔和凯特。他出的价格比当初阿曼乐买它们的价格更高。因为已经找到了合伙人一起经营放领林地，他只需要负责提供种子，所以他已经不需要这两头牛了。他还可以让小飞和翠西来拉车，这样跳跳和巴纳姆就可以做些别的活儿。

如果有人能够照看放领林地，阿曼乐就能将更多的时间花在放领耕地上，再多种植一些谷物。因为不用同时照顾两块放领地，所以阿曼乐在耕地上的收获就会更多一些。

　　放领耕地上的小屋需要扩建才能住人。但是他们可以只盖一间新房，在新房下面挖一个地窖，原来的小棚屋就当做储藏室。

　　定好计划后，阿曼乐就动手把被冰雹打坏的燕麦堆起来。燕麦秸秆可以替代干草成为牲口的好饲料。这样，阿曼乐就可以把剩下的干草卖给在火车站收购的人。

　　阿曼乐把燕麦拖到放领耕地上堆起来，在原来的小棚屋旁边的地上挖了个洞当做地窖，在地窖上又盖了间小屋，然后又搭起了牲口棚的架子，割了许多干草晾干后堆在架子周围，做成了干草棚。

　　搬家的准备工作完成了，阿曼乐和劳拉第二天就搬到了放领耕地上去了。

　　这一天是八月二十五日，从去年到今年，他们度过了新婚的第一年。

第二年

一八八六年八月二十八日是美好的日子。阿曼乐和劳拉把他们的家搬到了放领耕地上。

"今天和一年前我们婚礼那天一样，是一个阳光明媚的好日子。今天也和那天一样，我们开始了一段新的生活。虽然房子小了点，但是我们又有新家了。"

"你看着吧，一切都会好起来的！最终，世上的事都是公平的。富人……"

他慢慢沉默下来，但是劳拉忍不住

在心里将这句爱尔兰人的谚语说完:"……富人夏天能吃到冰,穷人冬天同样也能吃到冰。"说得真好,就像这次的冰雹,它让穷人在夏天也吃到冰了呢。

但劳拉不能再想其他的事,眼下首要的任务是将家安顿好,让阿曼乐可以住得开心。可怜的阿曼乐,他需要全力以赴与这段艰苦的日子做斗争。这座房子其实也还好,有十二英尺宽,十六英尺长,只是窄了一点。南边的墙上开了门和一扇窗户,前面还有个小门廊。新房子建在旧房子的西边,房子东面墙上也有一扇窗子,南边的墙角上挂着镜子,客厅的小圆桌就放在镜子下面。靠北面的墙放着床,床头紧紧挨着窗子的另一边。

做饭的炉子在西北角上,旁边安装了橱柜,扶手椅和劳拉的小摇椅就放在窗户两边的地毯上靠墙的地方。早晨有阳光从东面的窗户照射进来,整个屋子就很亮堂。劳拉将小屋布置得很舒适,让人待在里面也觉得舒服。

放领耕地上原来的旧房子现在变成了储藏室,很方便,牛马在新的牲口棚里也很适应。新的牲口棚坐北朝南,北面和西面低矮的小山可以挡住风,冬天也不会很冷。

劳拉觉得新房子很清爽,给人的感觉还很新鲜。从牲口棚边的小山丘下一直到农庄的东南角是一大片沼泽，里面长满了蒿草，在微风吹动下左右摇摆。新房子就建在小山丘上，屋子前面是一片草地，耕地都在小山丘的北面，从小屋的角度看不见。对于这一点，劳拉很满意。因为她喜欢一望无际的，没有经过开垦的大草原，喜欢看野草在风中摇摆的样子。而事实是，这里除了一小块耕地之外，其他的都是没有开垦的大草原。法律规定要开垦出十英亩的土地之后才能取得放领地资格。但小屋的北面是一块高地，长满了蓝莕草，和低洼沼泽里的蒿草不一样。现在正是干草可以收割的时候，现在每天多割点草，冬天来临之前就能多储备一点。

因为那场冰雹，今年只能收获干草了。因此，搬进新家后的第二天，阿曼乐吃完早餐就给跳跳和巴纳姆套上割草机，开始割草。

劳拉没干家务活，跟着去看阿曼乐割草。草地的空气很清爽，刚刚割下的干草也散发着清新的味道。她漫步在田野里，摘了不少野生的向日葵和印第安彩笔花，然后才回到小屋去继续干活。

对于待在屋子里这件事，劳拉并不怎么喜欢。她更喜欢外面的新鲜空气。等到宝宝出生之后，她就需要在屋子里待很长时间了。所以，她现在总是尽可能多地跟着阿曼乐去割干草。

阿曼乐将要拉到牲口棚里的干草叉进了篷车。干草一点点被叉到草架上，堆得越来越高，站在篷车上的劳拉只能爬到草架顶上站着。等到篷车回到牲口棚，劳拉从干草顶上一下滑下去，阿曼乐在地上稳稳地把她接住。

草耙是用一块长长的大木板做成的，上面有稀疏的大木齿。阿曼乐将草耙系在两匹马中间，两匹马站在大堆的干草两边，拖着草耙往草堆里走，草耙的木齿拢在干草下面，贴着地面往前挪，草耙前面的干草就都被叉了起来，堆成一个个小堆。

等到将所有的干草都拢成堆之后，再将这些草堆合在一起，就堆成了一个大大的草堆。每次马拉着的草耙到了大草堆旁边的时候，阿曼乐就让马从两边绕过草堆，草耙从草堆上面翻过去，阿曼乐再爬上去将草耙上的干草抖下来，然后再从草堆上滑下来。这样反反复复地耙和堆，最后就堆成了一个大大的草垛。

巴纳姆很乖，总是在草堆一边乖乖地走，可是跳跳只要没人管它，就会停下来偷懒，因此劳拉总要在后面赶着跳跳才行。赶着跳跳将草耙推上草堆之后，劳拉总是朝着太阳坐在干草堆上，阿曼乐则将另一垛干草继续堆好。

等到干草堆得差不多高的时候，阿曼乐就用草耙将四周耙出坡度来，将散落的草弄到草堆脚下放好，然后再从篷车上拿下一堆草给堆好的草做个盖子，他总是弄得很整齐。

秋高气爽的秋天很快过去了。夜晚开始渐渐变冷，收割干草的活儿也做完了。

阿曼乐用抵押放领耕地的八百美元买了煤炭，就放在储藏室里。

他们还交了六十美元的放领耕地税金。因为还没有取得所有权，所以放领林地不需要交税。然后付清了买机器的欠款和利息，还买了明年要用的种子。做完这些之后他们还留下了一小笔钱用于生活。他们希望能支撑到明年收获粮食的时候。

这时候干草派上了大用场，阿曼乐卖掉了三十吨的干草，每吨四美元，得到了一百二十美元。这就是他们辛辛苦苦的收获。

和往年相比，大雁的南飞晚了一些。它们好像并不着急赶路，时不时停在沼泽地里觅食。它们从一个湖到另一个湖，一群一群在湖里自在地游泳，几乎占满了整个湖面。天空中有很多排成"V"字形赶往南方的大雁，它们清脆的叫声回荡在草原上。

一天，阿曼乐匆匆走近屋子来，手里拿着一把枪。他自信地对劳拉说："有一群大雁朝这边飞来，它们飞得很低。我想，我可以打下一只来。"

但是他忘记了手里的枪有很强的后坐力。他飞快地走到门外，对着天空中飞过的一只大雁，瞄准并开枪。

劳拉跟在他的后面，却看到他很快地转过身，一只手捂着脸。

"你打中了吗？！"劳拉问他。

阿曼乐说："打中了，但是没有打死它。"他一边说，一边用手擦掉脸上的血迹。

但事实却是，阿曼乐并没有打中大雁，它们飞快地往湖边飞去，寻找自己的同伴。

因为大雁不着急往南方飞，所以劳拉和阿曼乐知道，今年的冬天并不会很冷。

犁出那一小块地并没花多长时间，一年中最忙的季节结束了。

十一月的时候下雪了，厚厚的雪覆盖在地上，最适合滑雪。天气好的时候劳拉和阿曼乐就穿着厚厚的衣服，驾着雪橇出游。因为劳拉喜欢在外面待着,所以阿曼乐为她做了一张手推雪橇,还给拉雪橇的牧羊犬希普做了一副胸套拉绳。

阳光明媚的日子,劳拉就会让希普拉着雪橇带着自己去滑雪。她让希普拉着雪橇从小山丘的顶上往下滑,滑到山底之后,又会带着希普走上山顶,再次往下滑。劳拉一直重复这样的游戏,一直要到玩得筋疲力尽才结束。有时候在滑雪的过程中劳拉的雪橇会翻掉,人也会从雪橇上掉进雪堆。这时候希普就站在一边看着她,似乎是在嘲笑她。

十一月就在这样的玩耍中过去了,十二月来了。

十二月五号是一个阳光明媚的日子,但是从北边的天空来看,似乎一场暴风雪就要来临。

"今天你可以在外面多玩一会,因为明天可能就要下暴风雪了。"阿曼乐对劳拉说。

所以,劳拉吃过早餐就带着希普,拉着雪橇下山去滑雪了。但她却没玩多久就回家了。

她对从牲口棚里走出来的阿曼乐说:"我不想玩了!还不如在炉子旁边待着呢。"吃过午饭,将要做的家务做完,劳拉就懒洋洋地坐在小摇椅上。看着劳拉的样子,阿曼乐开始担心起来。

下午的时候，阿曼乐去了牲口棚，回来的时候牵着两匹马，它们被套在了雪橇上。他对劳拉说："我去接你妈过来，在我回来之前，你尽量待着不要乱动。"外面下起了鹅毛大雪，劳拉从窗户里看到阿曼乐驾着雪橇在马路上飞奔。她想，这速度够在独立纪念日的赛马比赛中获奖了。

劳拉在屋子里走动了一会，又在火炉边坐了一会。一直到阿曼乐带着妈回来。

妈站在火炉边一边取暖一边对劳拉说："你应该躺在床上，而不是像这样到处乱走。"

劳拉说："以后我还有很长时间要躺在床上，所以现在我就尽量不在床上躺着。"

可劳拉还是拗不过妈，最后还是按照她的命令躺到了床上。迷迷糊糊中，她觉得阿曼乐又驾着雪橇去镇上接妈的朋友鲍威尔太太来到家里。

鲍威尔太太是一位善良、开朗的爱尔兰女人。她说话的时候，劳拉才知道她已经来了。"她不会有问题的，因为她很年轻！她和我女儿一样大，今年才十九岁呢。但为了以防万一，我们还是请医生来吧。"劳拉稍微清醒了一些，睁开眼睛看了看周围：妈和鲍威尔太太站在床的两边。那站在床尾的难道是阿曼乐？可阿曼乐去请医生了。劳拉似乎看到了两个妈和两个鲍威尔太太。一下子她们就变成了很多人，围着劳拉转圈……

爸经常唱的那首歌是怎么唱的来着？

　　……一对天使，来到我的身旁，

　　哦，请用你嫩雪白的翅膀带我到……

剧烈的疼痛让劳拉昏迷了过去，一股寒冷新鲜的空气又让她醒了过来。微弱的灯光下，她看到一个高个子男人将满是雪花的大衣丢在门口，然后朝她走了过来。

迷迷糊糊中，她感觉到一块布盖在了她脸上，闻到了一股刺鼻的气味后，她就坠入没有知觉的黑暗中去了。

当劳拉再次醒来的时候，油灯照得房间很明亮。她睁开眼睛的时候，妈正弯着腰看她，医生站在她旁边。她的身边则放着一个温热的小包裹。

"劳拉，是女儿，非常漂亮的宝宝，有八磅重呢。"妈对她说。

鲍威尔太太坐在火炉边，对劳拉说："你是一个好女孩，勇敢的女孩子。所以这个宝宝将来也一定会是一个好女孩。你现在已经平安了。"

阿曼乐送医生和鲍威尔太太回家，妈则留下来照顾劳拉。劳拉太累了，她将手放在玫瑰宝宝的身上，立刻就又睡着了。

玫瑰果然是一个好孩子，健康又强壮。妈只待了很短的几天就回家了。接着海蒂又来到了他们家。她对劳拉说："这次我不是来洗窗户的，是来给宝宝洗澡的。"

没多久海蒂也离开了，于是只剩下阿曼乐、劳拉和玫瑰一家三口住在这个小山丘上的房子里。周围是一望无际的大草原。

现在，劳拉一家几乎没有邻居了。因为住的离他们最近的，也在沼泽对面大约两英里的小镇边。

到现在，他们从夏季到冬季的生活费，还有医生的医药费和出诊费，已经花掉了很宝贵的一百美元了。但不管怎样，一朵在十二月冬天绽放的"玫瑰"毕竟比六月开花的玫瑰要珍贵芳香得多，就算再昂贵也值得。

马上就是圣诞节了，对于阿曼乐和劳拉来说，玫瑰宝宝就是最珍贵的礼物。圣诞节前一天，阿曼乐拉着一车干草到镇上去，换回来一座美丽的钟。这座钟大约两英尺高，用坚实的栗木做底座，钟顶上雕刻着树叶形的图案。正面的玻璃门上有一束金色的藤蔓，藤蔓上有四只振翅欲飞的金色鸟儿，玻璃门后面的钟摆也是金色的。

座钟滴答滴答地响着，声音听起来很欢快，报时的声音也很清脆。劳拉几乎是一下子就喜欢上了它。

他们原来的圆形旧座钟虽然时间走得不准了，但还可以用。劳拉疑惑地说："你又用不着……"阿曼乐则告诉她，这座钟是他用那一车干草换来的，圣诞节的礼物。给牲口留下的草料已经足够了，现在又没有人买干草，倒不如用来换个礼物。

虽然下着暴风雪，但是圣诞节还是一个让人高兴的日子。他们一家人在家安安静静过节。

圣诞节的暴风雪过去了，天气开始晴朗，阳光明媚，但是气温仍然很低，有几天的气温甚至降到了零下二十五到零下三十摄氏度。

有一天天气很暖和，劳拉想坐着雪橇出去走走，看看爸妈。她在屋子里闷得太久了。可是带着宝宝出门没问题吗？

劳拉和阿曼乐都觉得不会有问题。他们拿了几条毯子在炉火上烘暖和，然后在遮雪板下面用毯子做了一个暖和的小窝。玫瑰穿着红色的小披风，戴着帽兜，被裹在温暖的毛毯里。她的脸上还盖着一条薄薄的蓝色丝巾，被放在那个用毯子围成的小窝里。

准备妥当，他们就出发了，两匹马迈着轻快的步子，雪橇上系着的铃铛发出清脆欢快的声音。

一路上，劳拉总是把手伸到毛毯里去摸玫瑰的脸，看看她是不是暖和，有没有冷空气进入到遮在她脸上的丝巾里。

没过多久，他们就回到了爸妈家。他们快步走进家里，迎面撞上的，却是爸妈的责备。

"你们疯了吗？零下十五度的天气带着孩子出门。"家里的温度计上显示的是零下十五度，爸生气地说。"她会被闷死在毯子里的啊！"妈又说。

"我一路上都很注意的，她不会被闷死。"劳拉说。

玫瑰来回摆弄着自己的手指，嘴里咕咕地叫着。她这一路上都觉得很暖和、很快乐，还睡了一个香甜的觉。

劳拉没想到在这样寒冷的天气下带孩子出门很危险，所以回去的路上，她一直提心吊胆，等到他们安全到家之后，她悬着的心才放下来。原来，照看宝宝真不是一件简单的事！

在这以后的很长一段时间里，他们都没有再坐着雪橇出去玩耍。一直到天气真正暖和起来之后，他们才敢坐着马车到四英里外的波斯特夫妇家去拜访。

波斯特夫妇住在他们自己的农庄里。他们没有孩子，玫瑰的到来让他们手忙脚乱，却也感到快乐。

当劳拉一家准备回家的时候，波斯特先生站在马车旁边和他们告别。他欲言又止，最后他有点奇怪地说："如果你们愿意将这个孩子送给妮尔抚养，那我愿意将马厩里最好的一匹马送给你们。"

阿曼乐和劳拉呆住了，他们一时说不出话来。波斯特先生说："你们还可以再有宝宝，而我们却永远也不可能再有了。"

阿曼乐拉起了缰绳，劳拉有点着急地说："不，不行！我们快走吧，阿曼乐！"马车很快就离开了，劳拉将玫瑰紧紧抱在怀里。她回头，却看到波斯特先生一动不动站在原地。劳拉为他感到难过，也为原本在等待好消息的波斯特太太感到难过。她一定知道自己的丈夫对阿曼乐提出的请求。

剩下的冬日很快就过去了，不会再有暴风雪，天气也很暖和。四月来到了，农夫们开始播种了。

四月十二日的这一天，阿曼乐到牲口棚套好马，准备下午就开始工作。

他走进牲口棚的时候，太阳还在散发着暖洋洋的光芒。可是等到他替马刷了毛，套好马具，正要牵出牲口棚的时候，却感到有什么东西正在猛烈地撞击牲口棚。紧接着他就听见暴风的声音。往外看了看，他发现外面正在下大雪。漫天的鹅毛大雪，什么也看不见。四月为什么还会有暴风雪？这可是春耕的时节！阿曼乐没法相信眼前的事实。他用力揉揉眼睛，再往外看去，却发现自己没看错，真的是暴风雪。他只好将马具卸下来，回到小屋去。虽然这段路程很短，但是因为漫天的风雪遮挡了他的视线，他什么也看不见。幸好路上轻巧的雪橇、篷车和大雪橇为他指引了方向。他一样一样地摸，摸到一样，再去摸下一样，就这样回到了屋子里。劳拉在屋子里干着急，她站在窗户边朝着牲口棚的方向努力地望去，希望能看到阿曼乐的身影，但一直都看不见他。一直到阿曼乐推开屋门走进来，劳拉才放下心来。

这是从去年冬天到现在最大的一场暴风雪，持续了整整两天。狂风怒吼，没有一点要停下来的意思。

好在他们的家很温暖舒适，牲口棚也很安全暖和些。

阿曼乐每天都沿着雪橇和篷车旁的小路去一次牲口棚，为它们添加水和饲料。

第三天的早晨，太阳终于露出了它的身影，狂风也微微弱了一些，变成了阵风。外面看上去天寒地冻。许多人都因为这场暴风雪而被困住了，附近还有两个旅客死了。

原来，暴风雪到来前，波尔斯先生正在离小镇南边两英里外的地里干活，两个从小镇上来的陌生人向他打听去马修斯先生家的路，说是马修斯先生在伊利诺伊州的朋友。波尔斯先生指给他们到草原那边马修斯先生家的路后，俩人就朝着那个方向走了。没过多久暴风雪就来了，波尔斯先生就很快从地里回家去躲避暴风雪了。

暴风雪结束的那天，波尔斯先生看到马修斯先生从他家门前的小路往镇上去，就问他有没有见到从伊利诺伊州来的朋友。马修斯先生说没见到，两人立刻开始搜寻。

在草原的一个孤零零的干草堆里，他们找到了这两个陌生人。他们曾从干草堆里抽出草生火，但还是放弃了生火，直接钻进干草堆里躲避暴风雪，最后却被冻死在这里。

如果他们一直走，就有可能走出暴风雪，因为这暴风雪也只持续了两天。又或者，他们穿得暖和，也不会冻死在干草堆里了。但是现在伊利诺伊州是春天，他们穿得都很单薄，所以就没办法抵抗这西部的大风雪了。

没过多长时间，地上的积雪就融化了，真正的春天终于到来了。一大片嫩绿色在整个草原上蔓延开来，云雀在草地上欢快地唱着歌，紫罗兰花散发出香甜的气味。

劳拉和阿曼乐一起到菜园去种菜，她给玫瑰戴上了小小的遮阳帽，再将她放在衣篮里带到菜地，放在离自己不远的地方。

老牧羊犬希普走了，它一直没法和玫瑰好好相处，好像在嫉妒她一样。有一天它离开了家，就再也没有回来。没人知道它的去向。后来有一只迷路的圣伯纳德大黑狗来到了家里，正好取代了希普的地位。他们叫它"尼罗"。

这只从圣伯纳德来的大狗似乎觉得自己的特殊任务就是照看玫瑰，所以不管玫瑰到哪里去，它都会在她的身旁。

劳拉和阿曼乐把做饭和取暖的炉子搬到了储藏室里，这样夏天房间里就会凉快一些。现在储藏室变成了夏天的厨房，劳拉快乐地在里面干活，玫瑰和尼罗就在屋子的地板上玩耍和睡觉。

　　带着孩子去骑马是不安全的，好在劳拉现在也不想骑马。阿曼乐在一匹马拉的小马车前面装上了一个谷物箱，在箱子和驾驶员的座位中间留下一个空间，刚好够让劳拉放脚。所以，劳拉经常在吃完午饭、做完家务活的时候将巴纳姆套上这辆小马车，让戴着粉红色遮阳帽的玫瑰坐在谷物箱里，驾着马车出去玩。她有时候会到镇上去，但大多数时候都是回家去看爸妈和妹妹。

　　刚开始，妈还担心劳拉就这样带着玫瑰出来玩不安全，但后来习惯了也就不担心了。虽然巴纳姆是一匹跑得很快的马，但是它很温顺，劳拉的驾车技术又很好，玫瑰不可能从箱子里掉下来。

　　阿曼乐对劳拉常出去玩并没有意见，只要她能按时回家做饭就行。

　　就这样，劳拉一边干家务活，一边打理菜园，照顾玫瑰，并且带着玫瑰驾车出去玩。很快又到了该收割干草的时候了。现在劳拉赶着跳跳拉大草耙，玫瑰就坐在干草堆下面看。

　　劳拉和阿曼乐都喜欢天气好的时候在干草地里干活，让玫瑰在大黑狗尼罗的照顾下睡觉。有时候劳拉赶着巴纳姆和跳跳拉着割草机去割草，阿曼乐就带着翠西和小飞去耙草。

由于承包放领林地的人已经将麦子打好，所以今年秋天劳拉不用再给打麦人做饭。

今年的收成比计划的要差一些。一个原因是气候干燥影响小麦的收成，另一个原因就是小麦的收购价格降到了每袋五毛钱。

就算这样，阿曼乐和劳拉还是挣够了钱，还完了所有的欠款利息和数额不大的欠款。他们还完了割草机、草耙、大犁，还有收割机的欠款，还欠着篷车钱、盖新房子欠下的五百美元和放领耕地抵押欠下的八百美元。另外，他们还要留下一些种子明年播种，还要付税金，买冬天的煤炭，还要留一点钱维持接下来一年的生活开销。

他们又需要卖干草来补贴家用了。但好在今年他们可以卖掉两头小公牛。它们两岁了，非常健壮，可以卖到十二美元一头，两头可以卖二十四美元。这样就有钱买日常杂货了。

从这一年的天气情况来看，他们的收成不算太差。

一转眼又到了八月二十五号。去年到今年，他们走过了婚姻的第二年。

第三年

　　天气渐渐转凉，劳拉几次说要把火炉搬到屋子里，可阿曼乐一直没有行动。这让劳拉觉得很奇怪，直到有一天，阿曼乐从镇上带回了一台无烟煤灶。这是一台漂亮的炉子，黑铁部分被打磨得很光滑，镍质的装饰品闪闪发光。

　　阿曼乐对劳拉说买这台炉子是可以省钱的。因为这种炉子用起来只需要很少的煤炭，虽然无烟煤需要十二美元一吨，烟煤才要六美元一吨，可是最后用下来会发现还是无烟煤更省钱一些。另外，无烟煤炉子在晚上散发的热气和白天一样，可以一直保持家里暖和，而他们原来的炉子总是白天暖和，晚上就会凉下来，人很容易感冒。新炉子的炉盖是用镍制成的，可以移动，这样就可以进行任何方式的烹饪，只是不能烘焙。如果要烘焙，就只能到"夏天的厨房"去进行。

并且，最近这段时间玫瑰开始在地板上乱爬，也许应该说是在地板上练习走路，所以地板需要每时每刻都暖和。劳拉觉得他们没有多余的钱来买这个好看的新火炉。但这种事情一直都是阿曼乐在计划，从来不需要她操心。阿曼乐已经感冒了，他好像穿再多的衣服也不会暖和一样。劳拉正在用又软又细的羊毛给阿曼乐织一件长袖的毛衣，准备作为圣诞节的礼物，给他一个小惊喜。

这件衣服要偷偷织，不让阿曼乐看到，这确实有点难。但是等到圣诞节后，她就可以当着他的面再为他织一条和衣服搭配的毛裤了。

圣诞节的时候，阿曼乐就穿着这件新毛衣，和劳拉、玫瑰一起驾着轻雪橇，去劳拉的爸妈那儿和大家一起过圣诞节去了。

他们启程返回自己家的时候已经天黑，还下起了雪。

幸好这不是暴风雪，只是一般的雪。玫瑰全身被包的很暖和，劳拉抱着她。母女俩都裹着毯子和大袍子。阿曼乐坐在她们身边，身上穿着毛皮大衣。

雪橇在黑暗中迎着大雪往前走，过了一会儿，阿曼乐就停下了马。他说："可能是走偏了，它们都不喜欢迎着风走。"

他掀开包裹在身上的皮大衣，跳下雪橇，仔细在地上找着路的痕迹。但是地面都被积雪盖住了，最后他用脚把雪踢开，终于在雪橇旁边找到了路上的车辙印。

剩下的路程，阿曼乐只能走在雪橇的前面牵着马，顺着不明显的车辙印往前走。四周漆黑一片，能看见的只有白茫茫的大雪和空荡荡的草原。

幸好他们还是安全回到了温暖的家。阿曼乐说他的新羊毛衣保暖效果果然很好。

虽然天气还是很冷，但是暴风雪却再也没出现过，冬天过得很愉快。劳拉的堂哥皮特从达科他区南部来到这里，为北边几英里外的邻居怀海德先生干活。他经常会在周末看望劳拉他们。

阿曼乐生日的那一天，劳拉给了他一个惊喜。她邀请了皮特和怀海德先生一家来吃饭。她在"夏季厨房"里一会儿烤、一会儿煮，看起来很忙碌。

　　这一天在冬季里算是非常暖和了，生日宴会也举行得很顺利。

　　尽管举办生日宴会那天并不冷，劳拉还是得了重感冒，而且还有点发烧。她不得不躺在床上休息。妈来看望了她，顺便带玫瑰回去照顾。可是过了很多天，劳拉的病情不但没有好转，而且更严重了，喉咙也被感染。医生来看了之后说劳拉不是感冒，而是得了严重的白喉。

　　劳拉和阿曼乐很庆幸玫瑰被送到了妈家照顾，也许她并没有被感染。但是劳拉在养病的时候还是和阿曼乐一起为玫瑰担心了好几天，直到医生去看过玫瑰，确认她没有被感染之后，他们才放下心来。

　　阿曼乐接着也感染了白喉。医生来做晨诊的时候，严肃地告诉他需要躺在床上休息，并且说会从镇上找人来照顾他们。医生刚走没多久，阿曼乐的哥哥罗亚尔就来了。他是单身汉，认为自己最适合照顾病人。

　　就这样，他们两个人躺在一个房间里，在罗亚尔不专业的照顾下挺过了发高烧的几天。劳拉的病情很凶险，而阿曼乐要比劳拉好一些。

　　他们终于可以下床走动了，医生叮嘱他们不可以太劳累。罗亚尔累得筋疲力尽，仿佛是他自己得了场大病一样，回家去了。劳拉和阿曼乐全身捂了个严实，在"夏天的厨房"里待了一天。他们用烟熏房子，给房子做了一次全面消毒。

又过了几天，爸妈带着玫瑰回来了。玫瑰在外婆家学会了走路，也长大了不少。她在房间里迈着小腿来回跑，劳拉和阿曼乐很高兴，最让人高兴的，是他们就要康复了。

劳拉觉得麻烦终于要过去了，可没有想到事情还没有结束。

阿曼乐没把医生的警告当真，病刚好就累着了自己，结果在一个很冷的早晨起床的时候差点摔倒。他的腿动不了了，从臀到脚都有一种发麻的感觉。揉了很久之后，麻木感才稍微减轻了一些，在劳拉的帮助下他才能站起来走动一下。

他们一起把杂活做完。吃完早饭，劳拉帮他套好篷车，他一个人驾着篷车去镇上看医生。

"好像有点轻度的瘫痪，这是你白喉还没好就过度劳累造成的。"医生这样说。

从那一天起，他们就以阿曼乐的腿能痊愈为目标开始努力。他的腿时好时坏，但总的说来在慢慢痊愈。到了最后他终于能做些简单的日常活计了，但还是要随时注意。

在与病魔作斗争的过程中，春天来到了。看病花了很多钱，他们现在的生活难以维持到下一次收获。承租放领林地的人也要搬走了，阿曼乐的身体没有办法同时做两边的工作。但是他们还没有得到放领林地的所有权，要等那些小树长大，他们才能得到那块土地的所有权。

就在他们一筹莫展的时候，有个人想买下他们的放领耕地。他愿意承担那八百美元的债务，而且还要再多给阿曼乐两百美元。于是，他们卖掉了自己的放领耕地。一个早春的清晨，劳拉和阿曼乐搬回了放领林地上的小屋。

小屋虽然很破了，但是刷点油漆，装几扇纱门窗，仔细清扫一下，就可以又清爽又舒适了。劳拉有种回到家里的感觉。在这里阿曼乐从小屋到牲口棚只需要走一小段平路，这比在放领耕地上爬小山丘轻松得多。

阿曼乐已经逐渐学会了克服麻痹后遗症给自己带来的影响，只是不小心踢到东西的时候会摔倒，也没有办法跨过挡在前面的木板，必须要绕道。他的手指不像原来那样灵活了，也不能再套马和卸马，但他可以在别人帮忙套好马之后，自己驾车。

所以劳拉经常帮阿曼乐套马，让他能够独自驾车出去。等到他驾着马车回来，劳拉又等在那里，帮他卸下马车。

阿曼乐出租放领林地前把地都犁好了，所以秋天承租人把地还回来的时候也是犁好的。现在阿曼乐只需要平整一下土地就可以播种了。他的这些工作进展缓慢，但是还是及时完成了。

在谷物最需要水分的时候就下雨了，小麦和燕麦都长得很好。希望继续这样下雨，而不是下冰雹。

现在他们已经有三头小牛了，还有两匹爱四处乱跑的小马。还有劳拉用最后一个月的月薪买下的那匹马，到现在它已经三岁了，非常健壮。他们养的母鸡也下了很多蛋。看起来生活还是很不错的。

玫瑰在屋子里蹒跚地走来走去，一会儿和小猫玩，一会儿在劳拉干活时拉着她的裙子跟在后面走。

这是个异常忙碌的夏天。劳拉既要照顾玫瑰，做家务，又要在阿曼乐需要帮忙的时候去帮他。阿曼乐的四肢功能在慢慢恢复，劳拉觉得自己做再多的事也十分乐意。

手脚麻木的情况渐渐好转，现在阿曼乐大多数时间都在放领林地上照料小树苗。去年夏天太干燥了，小树苗长得不太好，今年该发芽的时候也没有发芽。还有些小树苗死掉了，阿曼乐将它们拔掉，又重新栽上了新的树苗。他修剪了所有小树苗的树枝，又给树苗松了土，最后又将树苗之间的空地犁了一遍。

小麦和燕麦倒是长势喜人，田里一片绿油油的。

"今年我们的情况会好哦。"阿曼乐说，"只要这一次收成好，那所有的困难就都能解决了。这一次我们一定会改变现在的状况。"

现在马儿们不用再辛苦地干活。跳跳和巴纳姆只干些必要的活，翠西和小飞整天都被拴着吃草，长得很肥。阿曼乐说它们应该要出去活动一下了，但是劳拉不能把玫瑰一个人留在家里，也不能带着她去骑马，这样做很危险。

吃完晚饭，玫瑰在床上睡觉，屋子里很安静，也没有什么事可以做。白天玩得累了，玫瑰这一觉会睡上几个小时。劳拉和阿曼乐刚好可以在这时候给翠西和小飞装上马鞍，然后骑着它们在附近转一圈。他们往南跑了半英里左右就赶紧回家看玫瑰是不是醒了。他们就这样一直跑到人和马都不想再跑时才停了下来。翠西和小飞很喜欢在月光下飞奔，它们一路上避开干草堆的影子飞奔，把长耳兔子吓得都跳了起来。

一个周末，皮特跑来告诉阿曼乐和劳拉，怀海德先生要卖掉他一百多只的什罗普郡纯种绵羊。

现在看来，在秋季举行的总统大选中民主党会获胜。怀海德先生是忠诚的共和党人。他认为如果民主党获胜，那么这个国家就要陷入绝望。到时候会取消关税，绵羊和羊毛就会不值钱了。皮特觉得他们可以合伙买下这些绵羊。他说如果他能找到一个地方养的话，他就会自己买下这些绵羊。

"价格怎么样？要付多少钱？"阿曼乐问他。

皮特说大概两元一只就能买到。因为怀海德先生很担心这次选举。他说："明年春天的时候把羊毛卖掉就能收回成本了。"怀海德先生有一百只羊，按照两元一只算，总共需要两百块钱，但是怀海德先生还欠皮特一百美元的工钱，这样他就只需要付一百美元就行了。劳拉一面想一面说，如果把南边的那块学校预留地利用起来，就有地方放羊了。预留地里的青草和干草都很多，谁先用了那里，以后就归谁用。那是一个很好的放牧地。达科他州法律规定每个镇都要留两块地给学校用，劳拉第一次对这一条法律感到高兴。让她觉得更高兴的是，这个镇的学校预留地刚好有一块挨着他们的放领林地。

阿曼乐说："现在有了牧场和足够的干草，也能建起羊圈。"

可是劳拉还有疑问："那一百美元买羊的钱从哪里来呢？"

阿曼乐提醒她，还有她教书最后一个月的薪水买来的那匹小马，它现在一定能卖到一百美元。如果她愿意去做，就可以用那匹马买下五十只羊。

商量之后，他们决定，如果皮特能用两百块钱买下那群羊，劳拉就负担一半的钱。皮特负责将它们带到学校预留地进行放牧，阿曼乐提供必要的马匹和机械，和皮特一起割草。他们计划在牲口棚后面建一个羊圈，用铁丝网做围栏。皮特可以住在阿曼乐家，还可以帮忙干点杂活。

卖掉小马才几天，皮特就从怀海德先生家里将羊群赶到了新的羊圈里。这是一百只优质的母羊，还送了六只老羊。

从此以后，每天早晨皮特都把羊赶到学校预留地上去放牧，时时留神不让它们去吃那些准备留着收割干草的草丛。这个地方雨下得很频繁，和往常比风也好像刮得更弱了些，小麦和燕麦都长得很好。

时间很快就过去了，该收割了。再过几天，所有的庄稼都可以收了。阿曼乐和劳拉害怕再下冰雹，一直小心地观察着天上云朵的变化。只要不下冰雹，就不会有什么问题。

日复一日，好在没有再下冰雹。劳拉又在想：世事最后都是公平的。富人能在夏天吃冰，穷人在冬天也一样能吃到冰。每次这样想的时候，她都会忍不住微笑。她觉得不能再让自己承受更大的压力了。收获这些谷物对他们来说非常重要。只要卖掉了这些收获的谷物，他们就能将欠款还清了。省下的利息钱还可以让他们在这个即将来临的冬天过得宽裕一些。

小麦开始灌浆了，阿曼乐初步估计每英亩地可以收大约四十袋的小麦。可是，一天早晨，从南方吹来了很猛烈的热风。还没到中午，这风就变得很热，风力也越来越大。这热风一连刮了三天。

第四天的时候，风终于停了下来，草原上静悄悄的。但这个时候小麦也被烤得发黄了。麦穗在灌浆的时候被热风一吹，全部都瘪下来，垂头丧气地立在地里。这样的小麦已经没有任何收获了。阿曼乐赶着跳跳和巴纳姆，驾着收割机将不会再饱满的小麦和燕麦割下来，没打麦粒就像干草一样堆了起来，它们完全可以当牲口饲料。

这些活都干完之后，真正收割的工作才开始。他们要抢先去收割学校预留地上的干草。如果他们第一个开始收割这里的干草，那么这里所有的干草都可以由他们来收割。劳拉带着玫瑰一起跟着阿曼乐去干草田里干活。她的工作是赶着马拉着割草机割草。阿曼乐则把前一天割下的干草收拢，皮特再帮他把这些干草堆起来。他们另外请了一个邻居的小男孩帮着放羊。劳拉把割下的干草堆在羊圈和羊栏四周，只在羊栏的南面留了进出的口子。

　　从去年的八月二十五号到今年的八月二十五号，劳拉和阿曼乐第三年的农庄生活也过去了。

第四年

收割完干草并堆好之后，紧接着就要进行秋季犁田。虽然小飞和翠西也帮着犁田，但是跳跳和巴纳姆做起这份工作来依然很辛苦。因为翠西和小飞还小，它们没有多少力气拉犁。而且它们本来就是用来骑的，不是干活的。小飞被套上犁的时候常常会到处乱踢，很倔强地反抗。

有一次劳拉一边照顾玫瑰，一边帮阿曼乐往马身上套犁，回头就发现玫瑰不见了。她马上丢开马具，在院子四周寻找起来。她问："阿曼乐，你看到玫瑰去哪儿了吗？"

正在这时，站成一排的四匹马后面伸出一只小手掀起了小飞的尾巴，露出小脸，奶声奶气地说："我在这儿呢！"

现在阿曼乐手脚麻木的情况已经好转了许多，也许用不了多久他就能自己给马套皮带，扣扣子了。

一天的工作结束的时候，马儿们都累得筋疲力尽。歇马的时候，劳拉都不忍心去看它们。跳跳灰色的脑袋无力地垂下来，巴纳姆本来轻快的步子也沉重起来。

阿曼乐盘算着再添加两匹马，他想把剩下的六十英亩土地也开垦出来，再把放领地上的一百六十英亩的土地也翻好，这样春天就可以直接播种了。

"三年的期限到了，可是你现在获得成功了吗？"劳拉不同意阿曼乐的想法。

"我不清楚，但是这结果也还好吧？虽然我们一直颗粒无收，但是我们还有四头母牛、几头小牛。我们还有四匹马、各种机器，还有绵羊……只要我们能有一次丰收，生活就会好起来的。我们就再坚持一年吧，也许明年我们就能获得丰收了呢。况且我们这三年来所有的计划都和种地有关，现在我们没有更多的钱去做其他的事了。"

阿曼乐说的是事实，除了种地，他们没办法再干别的事了。但说到计划，他们盖新房子还欠着五百美元，还欠着收割机的钱，利息也是一笔不小的数目。这所有的事都让劳拉感到烦躁。但阿曼乐说的也有道理，也许今年他们就能够改变现状了。只要有一年的丰收，他们所欠的债就都能够还清了。

阿曼乐买了两头很强壮的训练好的达勒姆公牛。红色的那头体重大概有两千磅，名字叫"国王"。另一头更大的体重大约两千五百磅的叫"公爵"，它身上长着红白相间的斑点。它们就像母牛一样温顺，很快劳拉就不再害怕，敢给它们套犁了。但以防万一，每次套犁时，她总是将玫瑰放在屋子里。这两头公牛都不贵，每头只花了二十五美元，但它们的力气很大。现在，巴纳姆和跳跳只需要干以前小飞和翠西干的活，重活主要由国王和公爵来做。

今年秋天的气候很宜人，所以阿曼乐他们没花很多工夫就犁好了地，在土地结冰前，要开垦的草地也都开垦出来了。

冬天虽然冷点，也下了雪，可不寻常的是一直没有出现暴风雪。小屋已经装上了遮挡暴风雪的门窗，前门和东边窗户中间放着烧无烟煤的炉子，屋子里很暖和。阿曼乐还将做夏天厨房的棚屋修葺了一番，用木条堵住了木板墙上的缝隙。原来用的做饭的炉子还放在里面。餐桌放回了原来的位置，西墙那边原来放餐桌的地方，现在放了皮特的单人床，正好在储藏室和卧室的门之间。窗台上摆放着用铁皮罐种着的天竺葵，在温暖的环境中，它正茁壮成长。

每天的日子过得忙碌而快乐。劳拉把所有的时间都花在了照顾玫瑰和干家务活中。玫瑰每天都认真地看她的图画书、跟小猫一起玩耍、搭自己的字母积木。她总是在屋子里东跑西跑，专心地做着自己认为重要的事。

阿曼乐和皮特大多数时间都在牲口棚里照料牲口。长长的牲口棚里第一排是马厩，关着大马和马驹；第二排是牛栏，国王、公爵和母牛、小牛都在这里；角落里的鸡窝很暖和，最后就是羊圈，绵羊在里面悠闲自得地走来走去。

清扫完牲口棚之后，一项重要而艰巨的工作就是在所有的木槽里放上干草。他们还要给马喂谷物，定期给它们刷毛，并且还要让所有的牲口都能每天喝一次水。

天气好的时候，阿曼乐和皮特就从田里的草堆往牲口棚里运送牲口们的饲料，最后留一些用马车运到羊圈给绵羊吃。

一般来说，在干杂活之前他们就能做完这些事，但也有例外。一天下午就发生了意外。这一天因为积雪太深，而公牛在深雪里走起来会比马更轻松，所以他们就让国王和公爵去拉干草，但是天黑的时候他们离家还有一英里的路。

早就已经开始下雪了，虽然不是暴风雪，但是因为在刮风，雪显得很密。虽然没有什么危险，但对于在漆黑的夜里赶着牛车的两个人来说，这依然不是一件让人愉快的事。

突然，一声狼嚎响起，接着又是一声，紧跟着就有好几只狼开始一起嚎叫。这段时间并没有听说狼群袭击人畜的消息。虽然乡下的狼群不多，但是偶尔还是能见到。有时候它们会咬死一匹迷路的小马，或者想混到绵羊群中去。

"声音好像是从家的方向传来的。狼群似乎正朝着家的方向去了。"阿曼乐问，"你觉得它们会袭击羊圈吗？"

"劳拉在呢，应该不会的。"皮特这样回答他。但是阿曼乐依然不能放心，他们加快了步子往家的方向走。

待在家里的劳拉也开始担心起来。虽然她知道阿曼乐和皮特会做完所有的工作才回家吃饭，但往常这个时候他们应该已经回到家了，不知道今天为什么到现在还没回来，她的晚饭已经准备好了。

玫瑰吃完晚饭已经睡了。但是大黑狗尼罗却有些紧张，它偶尔会抬起头来，还会低声咆哮几声。

　　然后，劳拉也听到了狼嚎，先是一声，接着又是一声，紧跟着几只狼同时叫起来，然后就安静了下来。

　　劳拉觉得自己的心脏都不会跳动了。也不知道那些狼是不是朝着羊圈来了。她静静地等着，竖着耳朵听着。但是除了雪粒打在窗户上的声音之外，听不到半点声音。难道刚才是绵羊在叫？

　　也许她应该去看看羊圈里的羊是不是都没事。劳拉犹豫了一下，看了看还在熟睡的玫瑰。她想将玫瑰一个人留在床上应该不会有危险。于是，劳拉穿上大衣，戴上帽子，点着防风灯，带着尼罗走出门去。

　　不一会儿，她就走到了牲口棚前面，开门走进去随手抓住那支长着五个尖齿的草叉，将门紧紧关好。她在牲口棚里举着防风灯四处检查了一遍，看有什么异常。

　　尼罗跑在她前面，嗅着空气中的味道围着羊圈转了一圈，绵羊在羊圈里不安地挤来挤去。除此之外就很安静了。劳拉没看到狼，也没听到狼的声音。劳拉屏息站在羊圈门口又听了一会，没有什么异常。她刚准备要回屋子的时候，又传来一声长长的狼嚎。但是这次的叫声比刚才的远了一些，大概是从北方传来的。看样子狼群已经走远了，劳拉放松下来，终于平安了。可尼罗却依然低声地呜咽着。劳拉回到屋子里之后才觉得后怕。她的腿开始发抖，赶紧坐了下来。

玫瑰还在睡觉。过了一会儿，阿曼乐和皮特也回来了。

阿曼乐问她："如果狼群真的来了，你要怎么办？"

劳拉回答说："当然是将它们赶走啊！我拿着草叉就是准备对付它们的。"

十二月的时候，那种并不陌生的不舒服的感觉再次出现，劳拉又怀孕了。她觉得小屋太封闭，闷热又不透气，让她觉得很难受。但是为了保暖，窗户不能打开。另外全家人的饭也要有人做，家务活也得有人干，这一切都需要劳拉来做。

一天，劳拉正在烦躁不安的时候，西边一个单身汉邻居谢尔顿先生驾着马车路过他们家。他的车在门口停下来，劳拉拉开门，谢尔顿先生就拿着一个谷物袋子进来了。他将谷物袋子里的东西倒在了地上，那是一套纸质封面的《威弗利》。

"也许看了它能让你觉得愉快。不着急，慢慢看吧！"他对劳拉说。劳拉惊喜得叫起来。她还没来得及道谢，谢尔顿先生就走出去了，还顺手将她的门关上。刚才还让人觉得闷热又烦躁的小屋一下子沉静明亮起来。司各特爵士

的小说真是引人入胜，带着劳拉到了苏格兰的湖水和小溪边、城堡和塔里、豪华的客厅和精致的闺房，让她与书中勇敢的骑士、漂亮的贵妇一起漫步。

劳拉慢慢忽略了自己看见食物就想吐，闻到食物也想吐的感觉。她麻利地做好饭，然后全神贯注地开始读小说。等到这些书全部读完，劳拉回到现实中时，她发现自己神奇地好了。

虽然要从司各特所描述的美轮美奂又各不相同的故事场景中回到现实是一件困难的事，但是劳拉体会到了书的魔力。冬天剩下的日子也在这种惬意中度过了。

春天来得很早。四月一日这天，他们完成了放领地里的大部分播种工作。第二天早晨，天气晴朗，阳光明媚，田野上非常安静。皮特和以往一样赶着羊到学校预留地上放牧，阿曼乐则在田里干活。阿曼乐套牛的时候还是会感到吃力，劳拉帮他套好牛之后才去做自己的家务事。

没过一会，吹起了西北风，刚开始风不大，后来风力逐渐变大了。到了九点的时候，风将地里的沙子都吹了起来，播种的标记被盖住了，阿曼乐无法在准确的地方播下种子，只好回家去。劳拉帮他把牛卸下来，牵回了牲口棚。

他们在家里听着外面的风越来越大，心里惦记着皮特还没有把羊群赶回来。阿曼乐说："这么短的时间他不会将羊群放牧到远处，他一定会将它们赶回来的。"风从地里带起了厚厚的尘土，就像云团一样，从窗口往外望去，远点的地方都已经看不清楚了。过了一会，阿曼乐打算出去找皮特和羊群，这样的话在皮特需要帮忙的时候，阿曼乐就可以帮忙了。

他从牲口棚往外走，只走了五百码就遇见了皮特。皮特一手牵着马，一手抱着三只小羊羔，吃力地和牧羊犬一起赶着羊群朝牲口棚走。绵羊想要回家就必须迎着风往前移动，这让它们行走很困难。再加上它们还没有剪羊毛，身上的重羊毛在风中乱飞，这使它们没办法在这样的大风里站稳脚步，被吹得倒在地上四处乱滚，有时候甚至要翻滚五六下才能停住。因为它们被风吹倒就站不起来，所以皮特要一只只去将它们扶起来，让它们能在大风中重新站立，继续往前走。此时的皮特已经精疲力竭，牧羊犬和小马帮不上任何忙，阿曼乐赶来正好可以帮忙。

他们花了一个多小时才把羊群全部赶回羊圈里。

接着他们都坐在屋子里，听着外面狂风大作。他们的眼睛和喉咙里都有沙子，针扎一样地疼，耳朵里也满是大风吹过的声音。尽管房门和窗户都关得严严实实，但还是有许多沙子落进了屋里。

快到中午的时候，门外有人敲门，阿曼乐开门后，看到一个男人站在台阶上。

"我来是告诉你，你的车轮一直在转。"他用手指着牲口棚的方向对阿曼乐说。然后不等阿曼乐反应，他就跑回篷车，顺着大路走了。那个人的脸被风吹得黑黢黢的，他走了之后，阿曼乐和皮特才猛然想起，这就是买他们放领耕地的人。

劳拉夸张地笑起来："'你的车轮一直在转'，他为什么要这么说啊？"她和阿曼乐一起走到厨房里，从厨房的窗户里往牲口棚看去。果然，小屋和牲口棚中间停着的那辆大草架马车被风掀了个底朝天，草架在下面，车底在上面，四个轮子在风的推动下正在不停地转。

中午的午餐大家都只吃了点冷饭，没人有胃口吃饭，况且在大风天生火做饭也是一件危险的事。

大约下午一点的时候，劳拉总是说她闻到一股烧焦的味道，附近的草原一定是着火了。但是在漫天黄沙的遮蔽下，他们看不见一点火光。

俗话说，风火相助。草原上一旦着了火，风会刮得更猛烈，燃着的火苗也会被风往前吹去，前面的草丛很容易就会被点燃。这样，火势就会不受控制地迅速在草原上蔓延开来。曾有一次草原着火，阿曼乐和皮特骑着马到干草堆那边去救火。他们跳下马的时候，火刚好烧到干草堆的另一边。他们一人拿着一只浸过水的袋子，从干草堆的顶上走过去，将火苗引到地上，将干草堆周围烧成一圈，然后将火扑灭。这样就形成了一条隔离带。大火从草堆外的隔离带烧过去，一直向前烧，阿曼乐、皮特、干草堆和马匹就能安然无恙。马头朝着干草堆，这样他们就有空气可以呼吸，不会被浓烟呛到。

两点的时候风势达到了最盛的时候，然后就慢慢弱了下去。刚开始的时候，这种变化不容易被他们察觉。等到黄昏的时候，周围安静下来，他们才发现风已经完全停止了。

玫瑰睡着了，疲惫的小脸上印着汗水的痕迹，看起来脏脏的。劳拉也觉得自己筋疲力尽。阿曼乐和皮特到牲口棚去看牲口过夜的情况，回来的时候累得就像是两个老头。

后来他们才知道草原真的着火了。大风达到每小时六十五英里的时候，草原上燃起了令人恐惧的大火。火势很大，连防火带都不起作用。强风吹着火苗四处乱窜。

一部分周围有防火带的房子和牲口棚也被烧掉了。牲口被大火吞噬，烧死在里面。有一个地方，一辆拉着木材的新马车离草地只有一百码，上面还装着小麦种子。马车主人将马车暂时留在那里，自己去躲避暴风了。等到大火过后回来一看，所有东西都被烧光，马车就只剩下一些碎铁片。

在这样的大风天里，火一旦着起来就没办法阻挡，更没办法扑灭。

大火肆虐过的草原和田野，只剩下一大片黑黢黢的土地。火最后一直烧到河边，黄昏后风势减弱，火才慢慢小下来。这次火灾，一共烧掉了六十英里的土地。

播种在地里的种子一些被大风刮跑，一些被埋在了田地四周的土地里，大家都只能重新播种。除些之外，别无他法。

阿曼乐又到镇上的谷物商店买了些小麦和燕麦的种子，重新播种。

接下来他们就开始剪羊毛了，卖羊毛的时候他们都很高兴。因为一磅羊毛可以卖两角五分钱，平均一只羊可以剪下十磅的羊毛。如果这样，一只羊的羊毛就可以抵消买羊的成本，还能多赚五角钱。到了五月底的时候，小羊羔都出生了，还有许多是双胞胎，他们的羊一下子增多了一倍。小羊羔出生的时候是很忙碌的，白天晚上都没办法休息，他们要守着母羊，还要照顾小羊羔。这些绵羊中，有五只绵羊无法照顾它们的孩子。他们只能将小羊羔带进屋子里取暖，用奶瓶对它们进行人工喂养。

玫瑰现在能独自在院子里玩耍，她总是戴着粉色的遮阳帽跑来跑去，劳拉还需要随时关注她的行动。

有一次，劳拉看到玫瑰在水泵下的水盆里挣扎。她赶紧将她抱了出来。水顺着玫瑰的小脸往下淌，但是玫瑰没哭，只是说了一句："我想躺到床上去睡觉。"

有一天下午，玫瑰洗完澡，梳好了头发，干干净净地在院子里玩耍。忽然劳拉听到了她一边笑一边尖叫，赶紧跑出去看她，却发现她从牲口棚那边跑过来，嘴里还喊着："啊——巴纳姆在这样做。"说着她就躺倒在地上，示范着巴纳姆的行为滚来滚去。她滑稽的小模样看上去很可笑，劳拉忍不住笑了起来。虽然她弄脏了衣服，脸上和手上也全都是泥，头发里也满是沙子，但是劳拉并没有责备她。

另一次，劳拉发现玫瑰不在院子里，着急地跑到牲口棚里找她，却看到巴纳姆趴在马厩里，玫瑰趴在它背上，用脚不停地踢它的肚子。

巴纳姆小心翼翼地一动不动，抬头看着劳拉的眼神很哀怨。劳拉觉得，巴纳姆朝她投来了求救的眼神。

从那以后，劳拉尽量约束着玫瑰。但是外面是这么阳光明媚，她也不忍心将玫瑰关在家里。所以她只能在做家务的时候偶尔从窗户和门口往外看着玫瑰。

一次，她看到了玫瑰无比惊险地躲过一劫。玫瑰跑得比平时远了些，那时候她正从牲口棚的拐角处往小屋走去，翠西刚刚出生的孩子克派也从牲口棚的拐角另一边跑过来，后面还跟着一匹小马。等到克派看到玫瑰的时候已经来不及停下或转向。它只能纵身从玫瑰头上跳过去。克派后面的那匹小马名字叫苏珊，它总是跟着克派，克派做什么，它就要做什么。它看到克派从玫瑰头顶跃过去，也干净利落地从玫瑰头顶跳了过去。

劳拉飞快地冲出去，将玫瑰抱回了屋里。玫瑰仿佛什么也没发生一样，但是劳拉却被吓坏了，感到一阵眩晕。她真没办法做到既做好家务活，又能应付随时会发生的意外。家务活永远也做不完，而且只有她一个人在做。她讨厌农庄、牲口和散发着臭味的绵羊。她对做饭、洗碗这些事早已经感到厌烦。她恨这所有的一切，最讨厌的是那些无论她是否努力工作都还不清的债务！

上帝保佑，玫瑰没事。她现在又拿着奶瓶要去喂小羊羔，劳拉又只得放下手里的活跟在她身后照看。若因为这一点点的小挫折她就怨天尤人、哭哭啼啼，那就真的不对了！那一日她读的小说里有个人说什么来着？"若轮子不停转动，那停在上面的苍蝇不用多久就会转到下面。"她不管轮子上面的苍蝇会如何，她只希望轮子下面的苍蝇再转上去一点就好。她等这个轮子转已经等得要失去耐心了。不管阿曼乐说什么，她都觉得农夫就是那只倒霉的、在轮子下面的苍蝇。若时节不好，他们就颗粒无收，但是欠款和利息却不会因为他们颗粒无收而少一些。到镇上不管买什么都要花钱，为了生存，这些钱不得不花。

风暴过后，为了重新买种子播种，阿曼乐又欠了银行一笔钱。现在他每个月需要多付百分之三的利息，卖羊毛的钱都得用来偿还这笔贷款。这样高的利息对劳拉一家来说实在是难以承受啊！而且，到下一次收获之前，他们还要筹够整个夏天的生活费。劳拉极力想把这些计算清楚，算得她头都晕了。

卖羊毛的钱属于他们的那份只有一百二十五美元。那么欠银行的钱是多少呢？每英亩地要用一袋小麦种子，一袋小麦种子的价格是一美元，需要一百袋。每英亩要用两袋燕麦种子，一共是一百二十袋。燕麦种子的价格是四角两分，那么共是五十美元四角。再加上小麦种子花的一百元，那么欠银行的钱应该就是一百五十美元四角。

而对于小麦，不管他们是买还是卖，中间好像总是有很大的差价。阿曼乐说差价肯定有，因为其中有来回的运费和仓储的费用。可劳拉仍然觉得不公平。

不管怎么说，他们当务之急还是尽快把银行的钱还上。如果实在没有办法，他们可以先在杂货店先赊账买一本代金券，这样每个月只需要支付百分之二的利息。代金券有二十五美元和五十美元一本两种，里面每张面额从两角五分到五美元不等。精明的商人采用的这个办法很不错，用起来很方便，利息也比较低。以前他们没有买过代金券，本来劳拉不想买。因为她觉得用代金券比欠银行钱更伤自尊。不过能节省百分之一的利息，自尊心也就不算什么了。她不想再去为此烦恼。如果这是阿曼乐能想到的最好的办法，那他就会去做。本来这些问题应该是阿曼乐来烦恼的，但是他却不觉得这是问题。

春天过完了，夏天慢慢到来。雨停了之后，谷物中的水分也就不足了。阿曼乐每天早晨都会一脸焦虑地看着天空，盼望着下雨，但他的愿望总是不能实现，因此只能继续做自己该做的事。

接下来炙热的南风就开始了，风力很强，整天都在吹。劳拉觉得吹在脸上的风就像是烤炉里冒出的热气一样。南风吹了整整一周，当它停下时，小麦和燕麦的幼苗都变得枯黄了。

他们的十英亩小树大部分都死了。阿曼乐觉得他们没有时间再重新种树，也就没有办法达到放领林地的法律规定了。

现在已经到了阿曼乐需要证明自己拥有放领林地是合法的时候，但是他却没有办法证明。此时能得到这块领地的唯一途径就是提出优先购买的申请。一旦他们提出申请，就必须在半年之内证明自己能够买下这块土地，而这块土地每一英亩需要支付一美元两角五分给美国政府。因为他们已经住在那里很久了，所以可以延长居住。但是对于他们来说，要在半年之内凑够两百块的现金却是一件难事。可是现在他们已经没有别的办法了。如果阿曼乐不提出申请，这块土地就会很快被别人抢走。因为如果阿曼乐没有能力获得这块土地，土地就要还给美国政府，到那时，每个人都可以去申请这块土地的使用权。

于是阿曼乐提出了申请，进行优先购买。这样做也有好的地方：阿曼乐可以不用再到林地去工作了。小树林中还有一些树没死，阿曼乐从牲口棚里运来堆肥和干草盖在树根上，以此来锁住地下的水分。这样的话，这些小树还有活下去的可能。食物储藏室前面的小三角叶杨树因为种在屋子北边，没有受到热风和太阳的摧残。尽管现在天气很干燥，但是它们的生长却还在继续。劳拉每次在窗前工作台做饭或洗碗，总是喜欢看这棵小三角杨树的绿叶随风飘动。

热风过后还是不下雨。天空经常有旋风云，但是一会就飘走了。这预示着会有旋风。

一个闷热的下午，阿曼乐到镇上去了，皮特出门放羊，劳拉做完家务活，带着玫瑰在院子里玩耍。玫瑰在阴凉的小三角叶杨树的树阴下玩过家家。劳拉无聊地抬头看天空的云。她经常这样做。她并不害怕旋风，因为她已经习惯风暴。

这天一早，非常强烈的热风从南方吹来，中午之后才停下来。之后劳拉看到北方的天空聚集了许多云团，云团的前面有一道黑黢黢的云层，黑云的前面还有云层在翻滚。风慢慢又从南方吹来，黑云后面有一个漏斗形的箭头指到地上。天空一下子变了颜色，劳拉抱起玫瑰就往屋里跑。她快速地关上所有窗户和房门，跑进储藏室躲起来，从窗户继续看着那股旋风。

这漏斗形的云团,最前端已经和地面接触了。她看到了地上的沙土被吸到了空中。漏斗扫过一块刚犁出来的土地,草和泥块被卷到空中,一下子就不见了。接着云团遇到了一座放了很久的干草堆。一会儿,干草堆也不见了!然后,旋风直奔小屋而来。劳拉打开储藏室地板上的门,抱着玫瑰躲进了地窖,关紧了暗门。她抱着玫瑰,缩在光线暗淡的角落,听着头顶呼啸的风声。劳拉觉得小屋很可能会被旋风卷起。

但她担心的事没有发生。虽然只过了几分钟,但劳拉却觉得漫长得像过了几个小时。然后她听见了阿曼乐在叫她。

劳拉把暗门打开,抱着玫瑰从地窖里出来,看到了阿曼乐站在院子里的马车边上,看着往东移动,离小屋不过四分之一英里的旋风。旋风将草原上的一些房屋和草堆卷走了,只给这干涸的土地留下了一点点雨水。阿曼乐在镇上看到了旋风云,就很快地回来陪她们了。

接下来好几天都没有再看到旋风,但天气依然干燥又闷热。八月五号那天更热。

那天下午,阿曼乐请皮特去接劳拉的妈到家里来。四点的时候，他又让皮特骑马去镇上请医生。但医生还没来，他的儿子就已经出生了。

劳拉很为自己的小儿子骄傲，但奇怪的是此时的她却更想看到玫瑰。为了不打扰劳拉休息，他们请了一个女孩子来照顾玫瑰。劳拉坚持让女孩带玫瑰来看她的小弟弟。她已经有弟弟了，可她自己却还是个腼腆的小娃娃呢！

然后劳拉就可以安心静养。她带着好奇心听着外面的声音，从这些声音猜测外面正在发生的事。

一天，皮特走到卧室门口和她道早安。他的帽檐上插着一根长长的羽毛，羽毛在那张本来亲切的脸上晃来晃去，看起来很可笑，劳拉忍不住笑起来。

然后，她听到了他跟他的小马在说话，又招呼他的牧羊犬。她就知道他就要去放羊了。他高声歌唱：

哦，上帝啊！她那么漂亮！

哦，上帝啊！她的名字那么可爱！

哦，哈，爱她就是我的工作，

我那美丽可人的小珍妮……

皮特赶着羊群渐渐远去，一直到晚上才回家。

接着，她又听到了玫瑰在和她最爱的小羊羔玩耍。这几只羊羔都长大了，有三只都已经开始跟着羊群出去吃草，只剩下两只最小的还在后门口和院子里，需要人给它们喂奶。它们经常会和玫瑰开玩笑，把它撞倒。她又听见那个雇来的女孩子在责骂玫瑰，不许她吃黄油面包。劳拉又着急又生气。她躺在床上大声说让女孩给玫瑰吃面包。

劳拉觉得自己需要快速恢复体力，不能让玫瑰总是被那女孩子责骂，更何况他们一礼拜要付给她五美元的工钱！有一笔欠款就要到还款日期了，所以这一笔开销需要节省下来。

三周以后，劳拉已经能够自己做家务了。但有一天，宝宝忽然浑身抽搐，没等医生赶到就去世了。

接下来的日子里，劳拉总是感到很茫然，也提不起精神。她的感觉很麻木，只想休息一下——什么都不想。

可是她还有许多家务活要做。又到了割干草的时候，阿曼乐、皮特还有请来牧羊的男孩要吃饭，玫瑰也需要她照顾，每天还有许许多多的活计要做。

因为天一直很干，草原上的野草长得不好，干草的收成也不好。劳拉在厨房生火做饭。阿曼乐在厨房的炉灶边放了一大堆干草，是那种他们夏天烧的又老又长的沼泽草。

生着火之后，劳拉把水壶放在炉子上，就离开了厨房，关上门走到前面的屋子里来。

没过多久，等到劳拉再次打开厨房门的时候，里面已经着了大火。天花板、炉子旁边的干草、厨房的地板和后墙都着火了。

和平时一样，一股很强的南风恰恰吹来。附近的邻居赶来救火时，整幢房子都已经陷入了火海。

阿曼乐和皮特看到家里着火，急忙驾着满载干草的马车往家里赶。

劳拉将一盆水倒在燃烧着的干草堆上，但是却没有任何用处。然后她发现自己没有力气再去压抽水泵，所以她快速地跑进屋子拿了那个装着契约的小盒子，拉着玫瑰逃出了火海。她摔倒在门前那条马蹄形的车道上，把脸埋在膝盖里，一遍遍地哭喊："啊，阿曼乐会怎样怪罪我？"阿曼乐跑回来将她和玫瑰抱在怀里，同时，他们的房子在大火中倒塌了。

虽然邻居们尽力帮忙，但是火实在太大，他们没有办法进入到屋子里。

谢尔顿先生通过窗口爬进了食物储藏室，将所有的碗盘都从窗户里扔出来，落在小三角叶杨树下面。那套他们结婚时的礼物银刀叉、银汤匙总算是保留了下来。他们保住了契约盒、几件工作服、第一年圣诞节时买的三个调味碟、刻着"请每天赐予我们面包"的椭圆形玻璃面包盘，其他的东西全部都被大火烧掉了。

大火后，劳拉和玫瑰在她的父母家住了几天。劳拉头上起了水疱，眼睛也不舒服。医生说是高温损伤了她的视神经。她决定在父母家休息一段时间。但刚到周末，阿曼乐就来接她们了。

谢尔顿先生想要一个管家。他们可以住在他那儿，也可以使用他家的家具。但是劳拉要给谢尔顿先生和他的弟弟做饭。这样，劳拉在收割干草的这段时间，需要为三个男人做饭，还有皮特和玫瑰。她忙得没有时间来发愁。阿曼乐和皮特在农闲的时候在烧掉的小屋附近又搭起了一座长方形的小棚屋。它有三个房间，用单层木板盖起来，外面铺了一层焦油纸。小屋盖得很结实，看起来很新，也很暖和。

九月份的夜晚越来越冷，盖好了新的棚屋之后，他们就打算搬进去。八月二十五日过去了，他们第四年的婚姻也结束了。

"这样的农庄生活算是成功吗？"

"就看你如何来看待这个问题。"劳拉问阿曼乐这个问题的时候，阿曼乐这样回答她。

四年来，他们遭受了许多灾难和挫折，有天灾，也有人祸。可是不光是农夫，其他的人也都有这样不走运的时候。这几年的天气持续干旱，明年就一定会丰收。

而且现在他们还有许多牲口。小马中最大的两匹春天就可以卖掉，新来的开荒者一定会要它们。另外的小马驹们也在慢慢长大。有两头现在就可以卖掉的公牛。它们能卖到十二至十三美元。

他们的绵羊数量比去年多了一倍，还有许多小羊羔。那六只老绵羊也可以卖掉了。

新建棚屋花的钱不多，剩下的钱他们用来贴补申请提前购买放领地的费用。

说不定绵羊可以帮上大忙。"情况会好起来的。因为这世上每一件事到头来都是公平的。我们走着瞧。"阿曼乐一边往牲口棚走去，一边说。

劳拉看着他往牲口棚走去，心里想：他说得对，世上的事到头来都会是公平的。富人在夏天可以吃到冰，穷人在冬天也能吃到冰，就快到我们吃冰的时候了。

　　冬天快到了。在原来小屋被大火烧毁的地方，他们又新建起了一座暖和舒适的小屋。他们从什么都没有重新开始奋斗。他们的钱刚好能够付清欠款，不管怎么说，只要他们能找到两百美元来买到放领林地，这块地就属于他们。阿曼乐觉得自己可以筹到这笔钱。

　　农庄生活就像是在进行一场艰难的战争。可令人奇怪的是，劳拉觉得她的心中正慢慢滋长出战斗的精神来。

　　每一年的春天，农民都要播种。他们与自然打赌，筹码是自己的时间和花费的心血。他们开疆拓土的祖先所秉承的，是"前途更美好"的信念。而他们与自然的赌约，与祖先的信念完美地结合在一起。区别只有，农民并不是在信念上拓展自己的事业，而是通过实践向前迈进。他们所追逐的是时间的尽头，而不是西部草原的尽头。

　　劳拉仍然是拓荒女孩，土地诱惑着她，她已经能够懂得阿曼乐对土地的热爱。

　　"唉，好吧。"劳拉叹了口气，然后用妈常说的一句话来对自己的看法进行总结："我们永远都是农民，因为内心深处所孕育出的东西会融进我们的血液中。"

　　然后劳拉笑起来，因为阿曼乐正唱着歌走出牲口棚：

你说在澳大利亚有金山，

毫无疑问，他们淘金已经发财。

但是在农场也有金子，

男孩子，只有你能把它铲出来。